Martin Page

Die besten Wochen meines Lebens

PIPER

Zu diesem Buch

Virgile, Junggeselle, dreißig Jahre, schreibt ausschließlich mit orangefarbenen Bic-Kulis, würde nie ohne Marc Aurels Selbstbetrachtungen verreisen, fürchtet sich beim Einkaufen im Supermarkt vor Exhibitionismus und arbeitet in einer Pariser Werbeagentur. Er ist ein liebenswerter Hypochonder mit eher tragikomischen Liebesbeziehungen, die er gerne mit seiner Analytikerin bespricht. Mit anderen Worten: Virgile ist ein Mann, der oft verlassen wird. Doch als ihm eines Tages Clara auf dem Anrufbeantworter den Laufpass gibt, ändert sich alles. Virgile kennt keine Clara, da ist er sich ganz sicher. Ein Streich? Ein Anfall von Frühdemenz? Bestürzt (wie krank ist er wirklich?), verwirrt (seine Ex-Freundinnen rufen ihn an, um ihn wegen Clara zu trösten!) und überaus verwundert (warum besichtigen fremde Leute seine Wohnung?) sucht Virgile nach Erklärungen. Er findet keine. Und als er beschließt, die Frau zurückzuerobern, die er gar nicht kennt, weiß er noch nicht, dass dies die beste Entscheidung seines Lebens ist …

Martin Page, geboren 1975, studierte Anthropologie und lebt in der Nähe von Paris. Er gilt als einer der talentiertesten und originellsten Autoren Frankreichs. Gleich mit seinem ersten Roman »Antoine oder die Idiotie« hatte er seinen großen internationalen Durchbruch. »Die besten Wochen meines Lebens begannen damit, dass eine Frau mich verließ, die ich gar nicht kannte« ist sein fünfter Roman und wurde in zwanzig Sprachen übersetzt.

Martin Page

Die besten Wochen meines Lebens begannen damit, dass eine Frau mich verließ, die ich gar nicht kannte

Roman

Aus dem Französischen von
Monika Buchgeister

Piper München Zürich

Mehr über unsere Autoren und Bücher:
www.piper.de

MIX
Papier aus verantwortungsvollen Quellen
FSC
www.fsc.org
FSC® C083411

Ungekürzte Taschenbuchausgabe
Piper Verlag GmbH, München
Oktober 2011

Titel der französischen Originalausgabe:
»Peut-être une histoire d'amour«

Umschlag: semper smile, München
Umschlagmotiv: mauritius images / Photo alto
Satz: Christine Paxmann, München
Papier: Munken Print von Arctic Paper Munkedals AB, Schweden
Druck und Bindung: CPI – Clausen & Bosse, Leck
Printed in Germany ISBN 978-3-492-26444-0

Virgiles Schuhe machten auf der regennassen Straße ein klapperndes Geräusch. Er hatte das große Bürogebäude von Svengali Communication später als gewöhnlich verlassen. Erst als die Sonne unterging, hatte er bemerkt, dass die Uhr, die über seiner Tür hing, stehen geblieben war.

Zwischen Louvre, Verwaltungsgericht und der Comédie Française gelegen, befanden sich die Büroräume der Werbeagentur, für die Virgile arbeitete, in wahrhaft vornehmer Umgebung. Der von bunten Kugeln umrankte Eingang zur Métro-Station entzückte ihn jedes Mal aufs Neue – es sah aus, als hätten Kinder ihn zum Muttertag geschmückt. Dennoch war es kein Viertel, mit dem Virgile jemals warm geworden wäre. Oder vielleicht wurde das Viertel auch nicht warm mit Virgile. Sie bewegten sich nebeneinander her wie Fremde und behielten einander im Auge, wohl wissend, dass alles andere ein schlechtes Ende nehmen könnte. Der junge Mann beanspruchte von diesem Prunkstück des ersten Arrondissements nichts weiter als zwei kleine Inselchen: die Buchhandlung Delamain und das etwas heruntergekommene Café-Restaurant *À Jean Nicot*, die letzte Bastion gegen die um sich greifende Schickeria.

Er stieg in den Bus und entwertete seinen Fahrschein. Die Métro benutzte er schon seit sechs Monaten nicht mehr, weil er dieses ständige Gefühl der

Beklemmung, das sich gelegentlich zu regelrechten Panikattacken auswuchs, leid war. Im Bus wurde er immerhin nur an seine Angst vor Verkehrsunfällen erinnert.

Macht sich der Körper auf den Weg, so folgt ihm der Geist in einigem Abstand. Nur ganz allmählich ließ Virgile seinen Arbeitstag hinter sich. Es reicht eben nicht, das Büro zu verlassen, in den Aufzug zu steigen und die Türen des Gebäudes hinter sich zu schließen. Man braucht einen Übergang. Während der Bus durch den Verkehr glitt und Virgile den Blick über das Gemenge der Fußgänger, Autos und Fahrräder schweifen ließ, lösten sich seine Gedanken von Arbeit und Kollegen. Und je näher er seiner Wohnung kam, desto mehr fand er zu sich. Virgile war nicht immer die beste Gesellschaft für sich selbst, aber das Zusammenleben zwischen dem, was er zu sein glaubte oder zu sein wünschte, und dem, was er war, verlief ohne allzu große Auseinandersetzungen.

Nachdem der Bus beinahe einen Clochard umgefahren hätte, hielt er vor der Gare du Nord. Armelle saß nicht an ihrem üblichen Tisch auf der Terrasse der Brasserie *Terminus*. Virgile hätte sie gerne gesehen, mit ihren rot geschminkten Lippen und einem Buch in der Hand. Er würde sie nach dem Abendessen treffen und ein Glas Wein mit ihr trinken.

Er grüßte die Prostituierten vor seinem Haus. Sie lächelten ihm zu und winkten grüßend zu ihm herüber. Sein Briefkasten war leer. Immer zwei Stufen auf einmal nehmend, eilte er die Treppe bis in die dritte Etage hinauf, schloss die Tür zu seiner Wohnung auf und warf die Schlüssel in den Obstkorb zwischen die Äpfel und Bananen.

Das rote Lämpchen seines alten Anrufbeantworters blinkte. Virgile liebte es, Nachrichten zu erhalten. Egal ob sie nun von Freunden oder Vertretern für Einbauküchen stammten, sie erinnerten ihn an seine Existenz in der Gesellschaft.

Zuerst einmal wollte er sich aber etwas zu essen machen. Er warf einen prüfenden Blick in den Kühlschrank: Eier, eine bereits offene Dose mit geschälten Tomaten und eine beachtliche Ansammlung von Joghurtbechern. Er schlug zwei Eier in die Pfanne, deckte den Tisch und drückte dann endlich auf die Abspieltaste des Anrufbeantworters.

„Virgile", sagte eine weibliche Stimme.

Er trat ganz nah an den Lautsprecher heran, um die bezaubernde Melodie besser zu hören. Gott hat eine Frauenstimme, dachte Virgile. Die Nachricht ging weiter:

„Hier ist Clara. Es tut mir leid, aber ich möchte, dass wir Schluss machen. Ich verlasse dich, Virgile. Ich verlasse dich."

Er hörte sich die Nachricht fünf Mal hintereinander an. Die Eier verbrannten in der Pfanne. Nachdem er sich das Gesicht mit kaltem Wasser gekühlt hatte, betrachtete er sich im Spiegel des Arzneischränkchens. Er schloss die Augen und öffnete sie erst nach ein paar Sekunden wieder. Er schluckte ein Beruhigungsmittel. Dann ging er in die Küche zurück und drehte das Gas aus. Die Eier glichen zwei Kohlestückchen, beißender Rauch stieg von ihnen auf.

Es gibt wenige Erfahrungen, die so schmerzhaft sind wie das Zerbrechen einer Beziehung. Die Trennung wird als ein sorgfältig geplantes Attentat erlebt, denn die Bombe wurde direkt in unserem Herzen platziert: Es ist unmöglich, der Gewalt der Explosion zu entkommen. Aber im vorliegenden Fall erfuhr Virgile, dass er von einer Frau verlassen worden war, die er gar nicht kannte und mit der er – das lag wohl auf der Hand – niemals eine Beziehung gehabt haben konnte. Und während sich ihm die Unwirklichkeit der ganzen Sache aufdrängte, traf ihn dennoch der Schlag, sich als Objekt einer zurückgewiesenen Liebe zu fühlen, mit voller Wucht.

Der Planet Erde war in den Augen von Virgile noch nie ein besonders stabiler Himmelskörper gewesen. Es gab nur wenig, was für ihn zweifelsfrei gewiss war, aber daran hielt er sich fest. Er war Junggeselle. Das war evident. Er besaß den Kühlschrank eines Junggesellen und die Gewohnheiten eines Junggesellen. Sein Junggesellendasein war so sicher wie die Schwerkraft, vielleicht sogar sicherer.

Virgile richtete seine Blicke auf die beruhigenden Dinge des Zimmers: seine Schallplattensammlung, das rot-gelbe Plakat vom Zirkus seiner Eltern, das über dem Sofa mit den platt gedrückten Armlehnen hing, die Dose mit dem Zichorienkaffee, die Telefonrechnung, die unter einem Magneten in Form eines afrikanischen Elefanten am Kühlschrank klebte (die großen, dreieckigen Ohren des Elefanten standen ab wie die Flügel eines Schmetterlings und sein Rüssel reckte sich zwischen den Stoßzähnen empor). Dann stöpselte er den Anrufbeantworter aus und verließ die Wohnung.

Ganz auf seine Schritte konzentriert, ging er den Boulevard Magenta hinunter. Sein Körper tat seinen Dienst – weder die Gelenke noch die Muskeln hatten Schaden genommen, das Blut strömte gleichmäßig durch seine Adern. Sein Gehirn allerdings war am Rande der Überhitzung.

Den ganzen Weg über bis in die Passage des Petites-Écuries, wo die Praxis seiner Psychoanalytikerin lag, hielt Virgile den großen, kantigen schwarzen Anrufbeantworter an seine Brust gepresst. Die einzige Gemeinsamkeit zwischen diesem Viertel und demjenigen, in dem sein Büro lag, bestand in den vielen Passagen, die den Fußgängern die Möglichkeit boten, den belebten Straßen zu entfliehen. Die Bewohner der Passage des Petites-Écuries hatten Stühle und einen weißen Gartentisch hinausgestellt, ein Rentnerpaar hatte ein paar Rosen gepflanzt, irgendwo stand ein Kinderfahrrad. Das Refugium von Frau Doktor Zetkin lag ganz oben in der dritten Etage des Wohnblocks am hinteren Ende des Hofes. Die vertikalen, horizontalen und diagonalen Balken durchzogen das Gemäuer der Fassade wie dickes, braunes Garn ein Stück grobes Leinen. Unter dem Dach waren Rinnen zu erkennen, die verhinderten, dass das Regenwasser Holz und Gips durchnässte.

Im Wartezimmer blätterte eine junge Frau (in schwarzer Leinenhose und Jacke, die Haare zu einem Pferdeschwanz zusammengebunden) in einer Illustrierten. Sie war offenbar die letzte Patientin des Tages, und es schien sie zu beunruhigen, dass Virgile einen Anrufbeantworter an sein Herz presste. Schließlich vertiefte sie sich wieder in ihre Zeitschrift. Die Tür des Sprechzimmers ging auf, die Hand von Frau Doktor Zetkin erschien, um die junge Frau hineinzubitten.

Virgile summte den letzten Slogan, den er in der Agentur gehört hatte. Die Melodie des Werbespots, der die gesundheitsfördernden Eigenschaften eines

Apfelkompotts anpries, beruhigte ihn. Normalerweise ging er im Wartezimmer von Frau Doktor Zetkin noch einmal alle seine momentanen Ängste durch. Er listete die zu besprechenden Punkte auf, legte sich eine absolut sichere Redestrategie zurecht und wappnete sich mit wohlüberlegten Erwiderungen gegen die zu erwartenden Einwände von Frau Doktor Zetkin. Aber unter den gegebenen Umständen sah er lieber davon ab, sein Gehirn unnötig zu strapazieren. Zwanzig Minuten später kam die junge Frau heraus.

Frau Doktor Zetkin war eine etwa fünfzigjährige Frau mit grau meliertem Haar und einer grünen Hornbrille. Sie trug eine feine, malvenfarbene Strickjacke über einer cremefarbenen Bluse, dazu eine Perlenkette und Ringe, die mit Jade und Bernstein verziert waren. Der Geruch von Lapsang Souchong schwebte durchs Sprechzimmer. Für Virgiles Geschmack war dieser Tee zu stark aromatisiert, aber er verknüpfte ihn so sehr mit seinen Sitzungen, dass bereits ein Hauch dieses Duftes ausreichte, um sofortiges Wohlbefinden bei ihm auszulösen.

„Guten Tag, Frau Doktor."

„Sie hatten keinen Termin."

Mit einer Handbewegung bat sie Virgile herein. Sie setzten sich am Schreibtisch einander gegenüber. Aus einer roten gusseisernen Teekanne auf einem Serviertischchen vor dem Bücherschrank stieg leichter

Dampf auf. Der große, schwarz eingebundene Terminkalender, der aufgeschlagen vor der Ärztin lag, erinnerte an einen Raubvogel in vollem Fluge. Die Seite des heutigen Tages war mit Namen gefüllt und der von Virgile stand nicht dort. Montags hatte er nie einen Termin.

Virgile hatte die Phase der Übertragung hinter sich, er war also nicht eifersüchtig auf die anderen Patienten von Frau Doktor Zetkin. Er dachte im Gegenteil, sie müsse doch bei ihren zahlreichen Patienten feststellen, dass er viel interessanter sei als die Horde der Banal-Neurotiker, die sonst zu ihr kamen. Die Beziehung, die man zu seinem Psychoanalytiker hat, kann nicht aus dem Ruder laufen. Wenn er wirklich professionell arbeitet, wird er Ihre Einladungen zu irgendwelchen Ausstellungen nicht annehmen. Er wird weder ein Freund noch ein Feind werden. Streng genommen ist er nicht menschlich. „Gebt mir einen festen Punkt im All, und ich heble euch die Welt aus den Angeln", hatte Archimedes gesagt, wohl wissend, dass seine Freunde in Syrakus diese Herausforderung niemals würden annehmen können. So, wie die Dinge lagen, ging es für Virgile darum, seine Neurosen aus den Angeln zu heben, und seine Psychoanalytikerin, das einzige stabile Element in seinem Leben, spielte dabei die Rolle des festen Punktes im All.

„Ich habe einen Unfall gehabt", sagte Virgile.

„Aha. Was für eine Art von Unfall?"

„Einen Unfall mit der Wirklichkeit."

Mehr als Gewalt, Krankheiten oder Autounfälle, ist die Wirklichkeit die eigentliche Verursacherin von Verletzungen, Schaden und Leid. Virgile stellte seinen Anrufbeantworter auf den Schreibtisch. Frau Doktor Zetkin kniff die Augen zusammen und verschränkte die Arme. Virgile hielt sich nicht an die Regeln. Er hätte sich auf die Couch legen müssen. Nicht sich hinsetzen. Nicht die räumliche Ordnung ihres Schreibtisches zerstören. Virgile wusste, dass Frau Doktor Zetkin sein Verhalten für ein Symptom hielt. Das konnte er ihr nicht vorwerfen, denn er selbst beteuerte unentwegt, dass jede menschliche Aktion (beispielsweise das Atmen) ein Symptom war.

„Aha", sagte sie.

Wie gewöhnlich zeigte ihr Gesicht keinerlei Regung. Virgile war es jedoch gelungen, Nuancen in der Neutralität ihres Gesichtsausdrucks festzustellen. Es gab das Neugierig-Neutrale, das Kalt-Neutrale und das Beruhigend-Neutrale. Im Übrigen besaß Frau Doktor Zetkin ein großes Talent, wenn es um Ausdrücke wie „Aha" ging. Sie bildeten die Grundlage ihres Vokabulars. Es kam natürlich auch vor, dass sie andere Worte gebrauchte wie „gut", „Wie das?", „ja" oder „Sie haben vergessen, Ihre Rechnung zu bezahlen". Diese Frau überlebte in der Gesellschaft und glänzte in ihrem Beruf mit etwa zehn Phrasen, die sie freilich mit Bedacht zum Einsatz brachte.

Nachdem Virgile den Stecker der Schreibtischlampe herausgezogen hatte, um den Anrufbeantworter einzustöpseln, drückte er auf die Abspieltaste. Die Nachricht erklang.

„Nun, diese Frau hat Sie also verlassen", sagte die Psychoanalytikerin.

„Nicht wirklich."

„Sie sagt es aber klar und deutlich. Sie akzeptieren es bloß nicht."

Frau Doktor Zetkin glaubte, den wunden Punkt getroffen zu haben. Immerhin wussten beide, wie es um das Liebesleben von Virgile stand: Es war durchaus plausibel, dass man ihn sitzen ließ. Wie beim Phänomen der Gezeiten oder dem Zug der Wildgänse gehörte das zur natürlichen Ordnung der Dinge. Virgile war beinahe glücklich, ihr – dieses eine Mal sogar mit Recht – widersprechen zu können.

„Wir waren nicht zusammen. Ich kenne diese Frau nicht einmal."

Frau Doktor Zetkin nahm ihre Brille ab und begann, die Gläser zu putzen. Der Fall fing an, sie zu interessieren. Nach einem Tag, an dem sie sich mit allen möglichen klassischen Neurosen herumgeschlagen hatte, war ihr etwas Phantasievolleres sehr willkommen. Sie setzte die Brille wieder auf und öffnete ihre Hände mit einer fragenden Geste.

„Und wie deuten Sie das?"

„Ich will nicht deuten, ich will verstehen."

„Ach ja?"

Virgile befand sich in einem sicheren Umfeld. Die Hauptwerke der Psychoanalyse standen in den Regalen des Bücherschranks. Ein hinter dem Schreibtisch hängendes Foto zeigte Freud, der bei seiner Ankunft in Paris im Jahre 1938 am Zugfenster stehend mit dem Finger auf etwas weist. Eine Kopie der ersten handschriftlichen Seite seiner Studie über Jensens *Gradiva* hing eingerahmt an der Wand. Auf dem Schreibtisch lagen französische und spanische Fachzeitschriften herum. Virgile gefiel der Gedanke, dass die Reliquien dieser großen Geister den Ort heiligten. Hier konnte er ohne Scheu den Deckel seines Gehirns abheben.

„Es kann kein Irrtum sein", sagte er. „Sie nennt meinen Vornamen."

Virgile hatte keinen gängigen Vornamen, das hatte er auf dem Pausenhof zur Genüge erfahren müssen.

„Vielleicht ist es eine Art Scherz", fuhr er fort.

„Und warum sollte eine Frau, die Sie nicht kennen, einen solchen Scherz mit Ihnen treiben?"

Virgiles Handy klingelte. Er war durch den augenblicklichen Vorfall viel zu beschäftigt gewesen, um daran zu denken, es auszuschalten. Da er die Regeln der Therapiestunde ohnehin schon so weit missachtet hatte, nahm er das Gespräch an. Es war Faustine, eine alte Freundin.

„Ich kann jetzt nicht mit dir sprechen, Faustine. Ich bin bei meiner Analytikerin. Was?! Ich rufe dich zurück."

Er beendete das Gespräch. Die Dinge gerieten außer Kontrolle. Er fixierte die Fotografie von Freud. Seine Hände waren feucht, in seinen Ohren sauste es, sein Speichel schmeckte nach Eisen. Mühsam holte er Luft. Er fühlte sich wie ein Verunglückter, wie das Opfer eines Zusammenstoßes mit einer unsichtbaren Kraft.

„Habe ich Ihnen schon von Faustine erzählt?"

„Sie gehört zu den Frauen, in die Sie sich verliebt hatten und die jetzt eine gute Freundin ist."

Virgile wusste nicht, warum, aber um mit einer Frau befreundet zu sein, musste er sich notwendigerweise zuerst in sie verlieben.

„Sie hat gerade erfahren, dass Clara mich verlassen hat. Sie schlägt mir vor, mit ihr zu Abend zu essen, um mich zu trösten."

„Denken Sie nach: Sind Sie sicher, dass Sie niemals einer Clara begegnet sind?"

Die Ärztin beobachtete Virgile mit halb geschlossenen Augen. War die schmale Grenze zwischen Realität und Einbildung durchbrochen? Virgile konzentrierte sich auf eine Atemübung aus seinem Yoga-Kurs.

Eine Erinnerung tauchte auf. Es war an einem Abend bei Maud vor etwa einem Monat. Maud nahm jedes Wochenende die riesige Wohnung ihrer Eltern in Beschlag, um dort Feste zu organisieren. Diese zeichneten sich vor allem durch eine solche Lautstärke aus, dass die allzu zahlreichen Gäste vergeblich versuchten, irgendwelche Banalitäten auszutauschen – bei dem Lärm, der stets herrschte, ein Ding der Unmöglichkeit. Virgile hatte getrunken. Faustine hatte ihn am Ärmel gezupft, sie versuchte, ihm ein Mädchen vorzustellen. Er sah seine Freundin wieder vor sich, wie sie den Vornamen des Mädchens nannte, während sie ihr großes Cocktailglas schwenkte: Clara. Aber Virgile erinnerte sich weder an ihr Gesicht noch an eine Unterhaltung, die sie geführt hatten. Jedenfalls war nichts geschehen. Virgile erzählte Frau Doktor Zetkin die Episode.

„Vielleicht haben Sie sie geküsst, und sie hat das falsch interpretiert."

„Ich schüttele Frauen die Hand. Vor allem wenn ich getrunken habe, belasse ich es dabei. Sonst haben meine Lippen den Hang, sich über ihr ganzes Gesicht zu bewegen. Könnte ich denn eine Liebesgeschichte mit ihr gehabt haben, ohne es zu wissen?"

„Sie sind nicht verrückt."

Die Feststellung erschütterte Virgile. Ohne jede Vorwarnung nahm ihm seine Psychoanalytikerin, eine Frau, die er seit fünf Jahren dreimal in der Woche sah, eine seiner Ängste.

„Und Sie sagen das nicht nur, um mich zu beruhigen?"

„Sie bezahlen mich für meine Objektivität."

Virgiles Telefon klingelte erneut. Diesmal war es Nadia. Der Wortwechsel war kurz: Faustine hatte ihr von der Trennung berichtet. Ein Piepton wies ihn auf einen weiteren Anruf hin. Er drückte Nadia in die Warteschleife. Es war noch einmal Faustine. Er versprach seinen Freundinnen, sie später wieder anzurufen. Frau Doktor Zetkin machte sich Notizen.

„Ich fühle mich nicht sehr gut", sagte Virgile, nachdem er sein Handy ausgeschaltet hatte.

Er wollte sich zugleich übergeben und ohnmächtig werden. Etwas war nicht in Ordnung, und er wusste nicht, was. Er fürchtete, dass es etwas Schwerwiegendes war, etwas, das sein Leben radikal verändern würde.

„Ruhen Sie sich aus."

„Das ist keine Lösung."

„Es gibt nicht für alles eine Lösung."

Es bestand kein Grund zur Eile. Frau Doktor Zetkin war sich sicher, dass die Zeit Licht in die Sache bringen würde. Auch Virgile war gespannt, wie es weitergehen würde, aber er war dabei schließlich kein Zuschauer. Die Psychoanalytikerin klopfte mit dem Füllfederhalter gegen die Schreibtischkante.

„Ich weiß nicht, ob es etwas damit zu tun hat", führte Virgile jetzt an, „aber ich habe in letzter Zeit Schwindelanfälle. Und ich leide unter Übelkeit."

Für ihn war es wichtig, einen Sinn in dem zu erkennen, was mit ihm geschah. Die Krankheit war immer sein bevorzugter Zufluchtsort gewesen, wenn er sich überfordert fühlte.

„Sie legen also wirklich Wert darauf, krank zu sein?"

„Ich versuche nur zu verstehen, was geschieht."

„Glauben Sie das wirklich?"

Virgile hatte das Gefühl, dass sein Blut in den Adern stockte. Er sah kleine Sternchen vor seinen Augen.

„Sie könnten mir", brachte er mühsam schluckend hervor, „zur Sicherheit doch wenigstens ein paar Untersuchungen verordnen."

„Wenn Sie das glücklich macht."

Die Ärztin schrieb so viele Wörter auf ein Rezept, dass es nach mehr aussah als lediglich nach „ein paar Untersuchungen". Zu Virgiles Talenten zählte die seltene Gabe, das Wort „Röntgenaufnahme" verkehrt herum lesen zu können.

„Eine Röntgenaufnahme?", fragte Virgile bestürzt und klammerte sich an die Schreibtischkante.

„Es besteht kein Grund, sich Sorgen zu machen."

„Es besteht kein Grund, sich Sorgen zu machen" ist mit Sicherheit der am meisten Sorgen bereitende

Satz der gesamten französischen Sprache. Virgile warf einen Blick durch das Fenster. Die Passage des Petites-Écuries lag in Dunkelheit getaucht. Er hatte keine Lust zu gehen, er wollte in diesem Zimmer bleiben und sich in die Decke auf der Couch einwickeln. Frau Doktor Zetkin öffnete die Tür. Mit hochgezogenen Schultern schlich Virgile aus der Praxis. Draußen nahm er die Straßen, die am hellsten beleuchtet waren und am stärksten belebt; er ging an den Imbissstuben in der Rue du Faubourg-Saint-Denis vorbei, um in den Genuss des Lichtscheins der Geschäfte und der Frittiergerüche der Kebabverkäufer zu kommen. Jede noch so geringe Bezeugung menschlicher Zivilisation war ihm mit einem Mal kostbar.

Eine ganze Reihe von Telefonanrufen bei seinen Bekannten in Medizinerkreisen war notwendig, damit Virgile schon am nächsten Tag einen Termin in einer radiologischen Praxis erhielt.

Das Ergebnis stand für ihn sowieso außer Frage. Eine Frau hatte ihn verlassen, und er konnte sich nicht einmal daran erinnern, überhaupt eine Beziehung mit ihr gehabt zu haben! Er war krank, sein Gedächtnis ließ ihn im Stich, und mit dem Fortschreiten der Krankheit würden ganze Abschnitte seines Lebens für immer verschwinden. Wenn er sich konzentrierte, glaubte er, die vernichtende Sense in seinem Kopf wüten zu hören. Natürlich hatte die Medizin in den letzten Jahren beachtliche Fortschritte gemacht. Aber er gehörte nicht zu denjenigen, die sich Illusionen hingaben.

Ich werde sterben, dachte Virgile. Mehrmals wiederholte er den Satz mit lauter Stimme. Das Ende nahte, da war er sich sicher. Ein Schauer durchfuhr ihn von Kopf bis Fuß. Er hatte Angst vor dem Tod, nicht weil er dann nicht mehr da sein würde – an das Gefühl der Nicht-Präsenz in dieser Welt war er gewöhnt -, sondern weil sterben bedeutete, normal zu werden. Eine Leiche hatte schließlich keine Persönlichkeit. Es war nicht Virgiles Selbsterhaltungstrieb, der den Gedanken an den Tod nicht ertrug, sondern sein Widerspruchsgeist.

Er dämpfte das Licht und setzte sich aufs Sofa. Seine Finger tasteten nach den Unebenheiten, den

Fehlstellen und zerschlissenen Kanten des Stoffs, nach dem kreisförmigen Brandfleck einer Zigarette. Konzentriert und nach Erkenntnis gierend befingerte er die Gegenstände um sich herum, wie Helen Keller, wenn sie ein Buch in Blindenschrift überflog. Sieben Jahre hatte er in dieser Wohnung gelebt. Er hatte sie sich so angepasst, wie ein Fuß dem Schuh, den er trägt, seine individuelle Gestalt gibt. Kann man das Gleiche über die Welt sagen? Wird die Welt der Materie einen Abdruck von uns behalten, wenn wir sterben? Werden die Atome die Umrisse unserer Gedanken behalten? Zumindest würde die Wohnung fortbestehen, sinnierte Virgile vor sich hin, seine Freunde würden weiterleben, seine Bücher und Schallplatten würden bei anderen Menschen Aufnahme finden.

Für das Abendessen scheute er keine Ausgaben. Über die Internetseite des Kaufhauses Bon Marché bestellte er in der Feinkostabteilung etwas zu essen und drei Flaschen 1996 Margaux Château Parker. Der Korb wurde ihm eine halbe Stunde später geliefert, und die Qualität des Essens neutralisierte seine düsteren Gedanken ein wenig. Er hörte seine Lieblingsschallplatten. Künstler aus der ganzen Welt und aus den unterschiedlichsten Epochen fanden im Wohnzimmer zu einem letzten huldigenden Konzert zusammen.

Mit einem Glas Wein in der Hand wandelte Virgile in seiner Zweizimmerwohnung umher und verspürte dabei den Wunsch, jeden Quadratzentimeter zu berühren und seine Fingerabdrücke zu hinterlassen. Die Wülste, Kämme, Bögen, Schleifen und Wirbel seiner Fingerkuppen würden dort versteinern, und weder eine Säuberung noch eine sonst wie geartete Zerstörung würden die Beweise seiner Existenz tilgen. Diese Spuren würden in den Tiefen des unendlich Kleinen verborgen bleiben und darauf warten, dass die Archäologen sie entdeckten. Er hatte einen Artikel über die Töpfer der Antike gelesen, die, ohne es zu wissen, den Schall ihrer Stimme in den Ton auf ihrer Scheibe eingravierten wie auf einer Schallplatte. Auch seine Wohnung war von Millionen Mikrorillen seiner Monologe und Unterhaltungen bedeckt.

Trotz aller Bemühungen gelang es Virgile nicht, sich an Clara zu erinnern. Er rief sich sein Leben seit dem Fest vor einem Monat ins Gedächtnis zurück: die den Abend so häufig beschließenden Treffen mit Armelle in der Brasserie *Terminus*; die Anrufe seiner Eltern; seine Nachbarin, die sich ein Präservativ von ihm geliehen hatte; seine Arbeit in der Agentur; seine Unternehmungen; die Filme, die er gesehen, die Bücher, die er gelesen hatte. Er rekonstruierte die meisten Tage auf einem Blatt Papier. Aber Clara tauchte nirgendwo auf. Die Krankheit hatte sie ausgelöscht.

Bei der zweiten Flasche Wein stellte er sich vom Rausch beschwingt vor, wie diese geheimnisvolle

Frau durch seine Wohnung gegangen war. Er sah, wie sie die Hand auf den Blendrahmen der Küchentür legte, wie sie den Kühlschrank öffnete und sich ein Glas Sojamilch einschenkte oder wie sie mit einem über der Brust verknoteten Handtuch aus der Dusche kam. Er suchte nach Spuren ihres Dagewesenseins, er sah unter das Bett, räumte die Wandschränke aus, untersuchte das Arzneischränkchen. Aber er entdeckte weder einen Ohrring noch einen Strumpf, nicht ein einziges langes Haar und auch keine Tube Feuchtigkeitscreme. Wegen des von den benachbarten Wohnungen zu ihm durchdringenden Lärms wartete er stets eine gewisse Zeit, bevor er ein Mädchen zu sich einlud. Clara war wahrscheinlich niemals hierhergekommen.

Wie es aussah, hatte Virgile seine letzte Liebe entwischen lassen, er würde also allein sterben. Und das viel zu früh. Er wäre gern alt geworden, bevor er starb, er hätte gerne weiße Haare, faltige Haut und brüchige Knochen bekommen. Genau wie die körperliche Liebe sollte der Tod ein Vorspiel haben. Die Erschöpfung, die Enttäuschungen und die Krankheiten stellen die Liebkosungen und Küsse dar, die die Muskeln erschlaffen lassen und dem Tod erlauben, uns sanft mit sich zu nehmen. Virgile war noch nicht bereit. Seine Kapazität, zu leiden und Dramen zu produzieren, war noch lange nicht erschöpft.

Und doch war nun der Zeitpunkt gekommen, Bilanz zu ziehen. Wenn Virgile sich hätte beschreiben sollen, wenn er den Mann hätte beschreiben sollen, den die Welt nun verlieren würde, so hätte er Folgendes geschrieben:

Er war einunddreißig Jahre alt und wog zweiundsiebzig Kilo. Er kleidete sich stets gleich: dunkle Stoffhose, Pullover mit V-Ausschnitt, kariertes Hemd, englische Schuhe. Er besaß ein altes, ziemlich robustes Handymodell, um den unvermeidlichen alltäglichen Erschütterungen entgegenzutreten. Dreimal pro Woche ging er zum Yoga-Unterricht in einem riesigen Sportclub an der Place de la République. Die Sonnenblume war die einzige Blume, die er kaufte und verschenkte. Er sah sich nur Filme in Schwarz-Weiß an, und wenn ein Farbfilm ihn interessierte, dann stellte er das Fernsehgerät so ein, dass die Farben verschwanden; er hörte nur Schallplatten, trank Zichorienkaffee, benutzte nur eine einzige Art Kugelschreiber, einen orangefarbenen Bic mit schwarzer Mine. Ganz allgemein liebte er Dinge, die gelebt hatten – Kleidungsstücke, Filme oder Bücher. Die alten Dinge hatten sich der Zeit widersetzt, sie trugen eine gewisse Lebenserfahrung in sich. Die neuen Dinge besaßen keine Reife, sie begriffen unsere Einsamkeit nicht.

Virgile arbeitete für eine Werbeagentur in der Rue Saint-Honoré, unweit des Louvre. Er wohnte in einer steige in der Rue de Dunkerque, genau gegenüber von der Gare du Nord und ihren Statuen. Im Erdgeschoss des Gebäudes befand sich ein Porno-Kino, das Calypso. Von den sechzehn Wohnungen dienten fünfzehn dem Austausch von Geld und Sekreten. Er hatte eine Zeit lang gebraucht, um sich an das ständige Stöhnen der Prostituierten und ihrer Kunden zu gewöhnen; heute störte es ihn nicht mehr als das Konzert der Grillen in der Provence. Aus seiner Wohnung drang wenig Getöse, Geschrei und Gebrüll nach draußen. Sein Tod hätte eine ernste Konsequenz, das wusste Virgile: Die Studien der gefühlsmäßigen Katastrophen würde dramatisch ins Stocken geraten.

Langsam senkte sich der Mond über der Bahnhofsuhr herab und warf sein blasses Licht auf die Reste der Mahlzeit. Schallplatten und Bücher waren auf dem Parkett verstreut. Virgiles Hose lag auf dem Küchenfußboden herum. Er hatte etwa zehn verschiedene Gläser mit Wein gefüllt (mit zartem, dickem und langem Stiel; bauchig, kegelförmig und birnenförmig; ziseliert, geschliffen und glatt) und sie wie Wachposten überall in der Wohnung verteilt. Von Zeit zu Zeit ertönten auf verschiedenen Längen- und Breitengraden des Gebäudes die lustvollen Schreie von den Kunden der Prostituierten.

Benny Goodman sang *As long as I live*. Virgile stellte den Anrufbeantworter auf seine Knie und lauschte der Nachricht ein weiteres Mal: „Hier ist Clara. Es tut mir leid, aber ich möchte, dass wir Schluss machen. Ich verlasse dich, Virgile. Ich verlasse dich."

Die in Claras Stimme mühsam unterdrückte und dennoch vernehmbare Enttäuschung traf ihn wie ein Keulenschlag. Er hasste sich dafür, der Grund für ihren Kummer gewesen zu sein. Sein Gesundheitszustand kümmerte ihn nicht mehr: Er fühlte sich zutiefst schuldig. Er beschloss, die ihm noch verbleibende Zeit mit Anstand hinter sich zu bringen und die volle Verantwortung für alles zu übernehmen, was er angerichtet hatte. Er kannte die Gründe für das Ende ihrer Geschichte nicht, aber es war nicht schwer, sie zu finden: Er fuhr nicht gern in Ferien, er zog alles ins Lächerliche, er glaubte an nichts und sein Widerspruchsgeist konnte einen zur Raserei treiben. Er verstand Claras Entscheidung. Er war einfach nicht für das Zusammenleben geschaffen. Sie musste versucht haben, ihn zu ändern. Er hatte sich widersetzt.

Sein Telefon klingelte ununterbrochen. Dank Faustine hatte die traurige Kunde die Runde im ganzen Freundeskreis gemacht. Von *Barbès* über *Stalingrad* und *Strasbourg Saint-Denis* war die Neuigkeit bis nach *Gambetta* gelangt. Seine Freunde in Paris hatten von seiner Trennung und damit auch von seiner Liebesgeschichte gehört, die so schnell vorbei war. Aber niemand war über seine Beziehung zu Clara auf dem Laufenden gewesen, und Virgile beschloss, die ihm Nahestehenden nicht zu beunruhigen und seine Amnesie und seine Krankheit zu verschweigen. Er erfand die nahe liegende Variante von seiner Begegnung mit der jungen Frau auf dem abendlichen Fest bei Maud und ihrer zu kurzen Beziehung und gestand jedem, der es hören wollte: „Ja, wir haben uns geliebt, aber ich bin wohl zu kompliziert, es wird ihr ohne mich besser gehen."

Er weinte über sich selbst, über seine Unfähigkeit zu leben und über seine verlorene Liebe.

Solange er noch dazu in der Lage war, beschloss er, seine Angelegenheiten zu regeln und seine Abonnements und Verträge aufzulösen. Außerdem musste er sein wahres Unglück jemandem mitteilen, einer anonymen Person, er musste über seine Angst sprechen. Er wählte die Nummer seines Telefonanbieters.

Virgile machte nun die Entdeckung, dass die Kündigung eines Vertrages bei einem Unternehmen einer gefühlsmäßigen Trennung durchaus ähnlich ist: Die Beraterin wollte den Grund wissen, fragte, ob er ihr noch eine zweite Chance gäbe, verlegte sich aufs Bitten und versuchte ihn zu erweichen, indem sie ihm Geschenke anbot. Als Virgile seinen Zustand und die künftige Nutzlosigkeit eines Telefonanschlusses offenbarte, wurde die Beraterin sehr kurz angebunden und teilte ihm mit, dass sein Telefon Ende der Woche abgeschaltet werden würde. Das Klappern ihrer auf die

Tasten des Computers hackenden Finger klang nun härter. Virgile stellte sie sich mit rot lackierten Nägeln und mit zu einem Knoten gebundenem Haar vor. Sie war für einen bestimmten Prozentsatz der Kunden zuständig. Ihr wachsamer Vorgesetzter hatte sie im Blick. Sie wünschte ihm einen guten Abend und legte auf. Virgile war seit Jahren ein treuer Kunde dieses Anbieters, er hatte ein wenig mehr emotionale Anteilnahme erwartet. Um Emotionen und Mitleid zu wecken, musste er wohl intelligenter vorgehen.

Er wählte die Nummer des Stromanbieters. Eine Frau nahm das Gespräch an. Ihre reife und heisere Stimme verriet ein gewisses Alter und einen Hang zur Zigarette. Müdigkeit und Rührung machten Virgiles Stimme zittrig. Er kauerte erschöpft am Fuße des Sofas, seine Stirn war schweißnass. Der Schein der Küchenlampe tauchte das Wohnzimmer in ein schummriges Licht. Die Frau am anderen Ende der Leitung fragte ihn nach den Gründen für die Kündigung seines Vertrages.

„Ich bin schwer krank."

Die Frau geriet ins Stottern. Virgile spürte, dass sie nicht teilnahmslos war. Er zwang sich zu husten. Tränen liefen ihm über die Wangen. Die Finger der Frau hielten inne und klapperten nicht mehr über die Tastatur. Sie hörte ihm zu. Virgile überließ sich der Rührung des Augenblicks. In seiner Trunkenheit vermochte er die Tragödie zu ertragen. Er fühlte sich schon ganz entrückt.

„Ich hoffe, ich war ein guter Kunde."

Mühsam und mit erstickter Stimme teilte die Frau ihm mit, dass sie noch da war und bereit sei, ihm weiter zuzuhören. Virgile klagte nicht. Feierlich erklärte er ihr, dass er das schicksalhafte Ende akzeptierte. Dass er sich mit dem Gedanken vertraut gemacht hatte.

Als er auflegte, fühlte er sich stark genug, die Neuigkeit den ihm Nahestehenden mitzuteilen und sich bedauern zu lassen. Er besaß jetzt genug *amor fati*, um sie zu trösten. Er öffnete die dritte Flasche Wein.

Nachdem er seine Papiere und seine Post gesichtet und geordnet hatte, verfasste er in würdevollem Stil das Kündigungsschreiben für den Mietvertrag seiner Wohnung. Virgile hielt sich selbst nicht für einen Hypochonder, aber in den letzten Jahren war er des Öfteren von so beunruhigenden Symptomen heimgesucht worden, dass er mehrmals geglaubt hatte, seine letzte Stunde habe geschlagen. Deshalb besaß er einen kleinen Vorrat an bereits überarbeiteten Testamentsentwürfen. Er druckte den jüngsten Entwurf aus (und fügte in einer handgeschriebenen Anmerkung die Bitte hinzu, man möge seine Asche in der Damenumkleidekabine des Schwimmbades von Auteuil verstreuen), schob ihn in einen Umschlag und legte ihn auf den Kaminsims.

Selbst wenn Sie von der allerschlimmsten Krankheit befallen sind, werden die Ärzte Ihnen nur einen Bruchteil der Achtung schenken, die sie einem Virus, einer Infektion oder einer Thrombose entgegenbringen. In dieser Hinsicht gleicht der Körper einem Schrein, über den die Biologen, Radiologen und Chirurgen mit den einzig faszinierenden Dingen auf Erden in Kommunikation treten: den Bakterien und anderen mörderischen Mikromonstern, deren Komplexität auch die am weitesten entwickelte Schöpfung in den Schatten stellt. Trotz seines unaufhaltsamen Fortschritts in der Schule der Zerstörung, trotz seiner Fähigkeit zu verletzen, zu erniedrigen und anzustecken, bleibt der Mensch ein Amateur. Seine grobschlächtigen Vorgehensweisen sind zu kunstlos, als dass sie mit dem unendlichen Erfindungsreichtum der Krankheiten verglichen werden könnten. Unsere Zivilisation muss sich daher weiter vervollkommnen, um eines Tages Anspruch auf den Titel der Endemie erheben zu können.

Virgile ertrug Krankenhäuser nicht. Er fand es symptomatisch, dass es gerade den Orten so sehr an Schönheit und Leben mangelte, die angeblich die Menschen vor dem Tod bewahren sollten. Der Leidensweg unseres ästhetischen Empfindens hatte einen Sinn: Die Bausünden verliehen einer bestimmten Vorstellung vom Menschen Ausdruck und diese missfiel ihm. Sobald sein Bankkonto es ihm gestattete, machte Virgile einen großen Bogen um die Behandlungszentren für die große Mehrheit der Sterblichen. Natürlich war er für die Wahrung des öffentlichen Dienstes, für die Intervention des Staates in die Wirtschaft und für höhere Steuern, aber sein Verhalten kam eher dem eines individualistischen Adligen nahe als dem eines Globalisierungsgegners.

Er wollte kein gehorsamer Kranker sein, der brav seinen behandelnden Arzt aufsucht, sich dann in einem der Radiologiezentren für die breite Masse abfertigen lässt und immer wieder seinen Sozialversicherungsausweis und die Krankenversicherungskarte vorzeigt. Um den Hirnschäden entgegenzuwirken, brauchte er Milde und Zuwendung. Ist man in der Lage, ein kleines Vermögen auszugeben, so erhält man nicht nur rasch einen Termin, die Ärzte betrachten einen auch so, wie sie sich selbst betrachten, das heißt mit großer Zärtlichkeit.

Das Radiologiezentrum lag im Marais, ganz in der Nähe des Museums Carnavalet. Virgile hätte sich keine bessere Nachbarschaft vorstellen können: Im Innern dieses Museums ruhte die Geschichte von Paris, von den Überresten Lutetias bis zur neuen Kunst. Die Medizin wirkt nur dann in ganzem Umfang, wenn man ihr die heilbringenden Mittel der menschlichen Schöpfung zur Seite stellt. Die Moleküle der Pharmakopöe allein reichen nicht aus, die Behandlung muss auch die Marmorbüste Houdons von Voltaire, die Bilder von Fragonard oder eine Bach-Suite für Cello in homöopathischer Dosierung umfassen.

Die Hausfassade der Radiologiepraxis war prachtvoll. Virgile sah in jedem Bauwerk ein Gedicht – er entdeckte Assonanzen, umarmende Reime, Zäsuren und Enjambements; er erfasste Form und Wohlklang. Manchmal war die Kunst des Architekten grobschlächtig. Heute aber stieß er auf eine wundervolle Dichtung aus Bruchstein, Zierstreifen und kunstvoll gemeißelten Skulpturen an den Balkonen. Die Baumeister und die Bewohner hatten einen Sinn für Schönes. Die Fassade weckte erhabene Gefühle in Virgile. Sein Befinden besserte sich ein wenig.

Um seine Hinfälligkeit erträglicher zu gestalten, hatte er ein Anxiolytikum unter der Zunge zergehen lassen. Die Angst war nicht verschwunden, aber sie regte sich nicht mehr. Virgile tastete nach der Schachtel Beruhigungsmittel unten in seiner Jackentasche. Er drückte die Tür auf.

„Guten Tag, Monsieur."

Der Sekretär am Empfang kannte den Terminkalender auswendig, er hatte Virgile angesprochen wie den Stammkunden in einem Friseursalon. Das war angenehm. Virgiles Griff um die Schachtel in seiner Tasche lockerte sich. Und obwohl man dies gemeinhin nicht tat, drückte er dem Sekretär die Hand. Dieser würde seinen Handschlag nicht vergessen, er würde seinen tiefen und melancholischen Blick nicht vergessen.

Die Praxis verströmte nicht den charakteristischen Geruch eines Krankenhauses, sondern einen Duft von Kaffee und Rosen. An den Wänden hingen Schwarz-Weiß-Aufnahmen von Tieren der afrikanischen Savanne. Gegenüber der Empfangstheke ersetzte ein Halbkreis von himbeerrot bezogenen Sesseln das Wohnzimmer; Kunst- und Antiquitätenmagazine lagen auf einem niedrigen Tisch. Hinter dem Empfang ruhte eine Serie von Fotos, die alle Blumentöpfe zeigten, auf einem Regalbrett.

„Ich bin zu früh", sagte Virgile. „Aber so können wir vielleicht etwas Zeit wettmachen gegenüber dem Fortschreiten der …"

Er wies mit dem Finger auf seinen Schädel. Der Sekretär lächelte und schlug ihm vor, im Wohnzimmer zu warten. Virgile setzte sich und blätterte in einer Fachzeitschrift, die sich Altarbildern und anderen Gegenständen religiöser Kunst widmete.

Ein paar Minuten später erschien die Ärztin, eine große Frau mit weißem Kittel und rotbraunen Lederstiefeln. Ihre Augen waren hell, ihre Lippen mit einem rosa Lippenstift geschminkt. Alles in ihrem Gesicht verströmte Wohlwollen, ihre Grübchen, ihre Augenbrauen, ihre Nase, ihre gewölbte hohe Stirn. Jede Facette ihres Wesens enthielt einen Keim der Güte. Sie sprach von der Untersuchung als einer reinen Routine. Ihre Freundlichkeit war beeindruckend. Nichts konnte in ihrer Gegenwart ernsthaft bedrohlich sein; selbst wenn sie jemandem den baldigen Tod mitteilte, würde das Ereignis seinen tragischen Gehalt verlieren.

„Ich will auf jeden Fall nicht auf künstliche Weise am Leben erhalten werden“, erklärte Virgile vorweg, während er ihr einen Gang entlang folgte.

Er stellte sich seinen Körper bereits auf dem fleckenlosen Weiß eines Krankenhausbettes vor, Schläuche würden in seinen Mund, seine Nase und seine Venen eingeführt, um ihn herum stünden surrende Geräte, eine künstliche Beatmungsmaschine, ein Elektrokardiogramm, dazu seine Eltern am Kopfende des Bettes sowie eine Vase mit Blumen.

„Wir machen jetzt eine kleine Untersuchung, das ist ganz ungefährlich für Sie.“

Eine Scheibe trennte den Computertomografen von den analysierenden Geräten. Die Ärztin erklärte ihm den Ablauf. Virgile verstand nichts, aber die mündliche Zergliederung der Apparatur trug zu seiner Beruhigung bei. Er versuchte, sie dazu zu überreden, eine Vollnarkose zu setzen. Sie hielt dies für einen Scherz. Er bestand nicht weiter darauf.

Der Computertomograf gefiel Virgile. Er litt unter der Berufskrankheit, bei jedem Gegenstand, den er entdeckte, sogleich zu überlegen, wie man ihn reizvoll in Szene setzen konnte. Natürlich besaß ein normaler Haushalt kein solch unentbehrliches Gerät. Mit einer guten Werbekampagne und der serienmäßigen Herstellung des Produktes konnte man dies jedoch schnell ändern.

Ein Krankenpfleger begleitete Virgile und half ihm, sich auf der Liege auszustrecken. Er spritzte ihm ein Kontrastmittel. Währenddessen erzählte ihm die Ärztin die Geschichte von der Erfindung des Computertomografen, um ihn abzulenken. Diese Praktikerin gehörte zu einer im Verschwinden begriffenen Art ihrer Zunft: den humanistischen und gebildeten Medizinern. Sie befand sich hinter der Scheibe des Raumes und sprach in ein Mikrofon. Über dem Computertomografen war ein kleiner Lautsprecher angebracht. Die Stimme der Ärztin erfüllte das kalte Zimmer mit der Erzählung des Lebens von Godfrey Hounsfield, einem genialen Tüftler und Gelehrten ohne Doktortitel, der von seinen Forschungen unglaublich besessen war. Anfang der Fünfzigerjahre bekam er eine Anstellung bei dem englischen Tonträgerunternehmen EMI. Dort entwickelte er den ersten englischen, komplett aus Transistoren bestehenden Computer. Das war eine herausragende Leistung, aber die neuartige Maschine interessierte niemanden. Wegen des kommerziellen Misserfolges verbannte man ihn ins Abseits: Er wurde in ein Forschungslabor versetzt. Genau zu diesem Zeitpunkt kamen die Beatles zu ihren ersten weltweiten Erfolgen und füllten die Kassen von EMI. Die von diesem unverhofften Reichtum verblüfften Geschäftsführer ließen Hounsfield, ihren verrückten Gelehrten, in Ruhe. Er erhielt nun die Freiheit, Forschungen nach eigenem Gutdünken anzustellen, und man gewährte ihm ohne strenge Auflagen die Mittel dazu. So trieb Hounsfield seine Pläne ohne Unterlass voran. Eines Tages, so schloss die Ärztin, kam er zu dem erhofften Ergebnis: Er hatte eine Röhre mit Röntgenstrahlen und die Computerauswertung der erhaltenen Daten miteinander verknüpft. Mit anderen Worten, er hatte den Computertomografen erfunden. Diese Geschichte gefiel Virgile, sie besaß die Kraft und Schönheit eines antiken Mythos: eine gewaltige Musik mit einem erhebenden Finale.

Eine ungeheure Hitze erfasste sein Gesicht und seinen Schädel. Seine Haare flirrten. Er war geschmeichelt von diesem menschlichen und technischen Aufwand, der für ihn betrieben wurde. Er fühlte sich wichtig. Er dachte an die für die Erfindung dieser Maschine notwendigen Jahre der Forschung, er dachte an die Ingenieure, an die Mediziner, an die Agonie von Marie Curie, die in einem abgelegenen Schuppen der *École de physique et de chimie de Paris* ungeschützt mit Radium hantiert hatte.

Nach der Untersuchung führte der Pfleger Virgile in einen angrenzenden Raum. Die Ärztin hatte die Röntgenaufnahmen vor das Negatoskop gehängt. Sie sahen aus wie abstrakte Bilder. Das Licht verlieh den grauen Formen etwas samtartig Weiches. Virgile betrachtete die dichten, dunklen Zonen und die Löcher. Ein gehirnverzehrender Termit hatte die Gänge seines Gehirns ausgehöhlt. Das ist das Ende, dachte er und umfasste seinen Kopf mit den Händen. Sein Mund war trocken, das Blut pochte in seinen Schläfen und sein Blick trübte sich.

„Es ist alles in Ordnung", sagte die Ärztin, während sie die Aufnahmen in einen großen Umschlag schob, den sie Virgile überreichte.

Befürchtet man das Schlimmste, so ist es enttäuschend, wenn eine gute Neuigkeit schlicht und in aller Nüchternheit mitgeteilt wird. Virgile hätte sich Jubelrufe, Konfetti, Umarmungen, eine Rede und Champagner gewünscht. Das ganze Praxis-Personal hätte das Ereignis angemessen mit ihm feiern sollen.

„Sind Sie sicher?"

„Ich vermeide es, in diesem Zusammenhang zu scherzen."

„Darf ich eine zweite Meinung einholen?"

„Ich bin Ärztin", erklärte sie lächelnd. „Ich deute keine heiligen Texte."

Virgile war ein wenig bestürzt, dass der Zustand

seines Gehirns nicht nach weiteren kompetenten Urteilen verlangte, dass er nicht jene komplexen Fragen aufwarf, die zu Diskussionen unter Spezialisten auf internationalen Kongressen und zu Artikeln in medizinischen Fachzeitschriften führten. Allem Anschein zum Trotz und entgegen seinen eigenen Wahrnehmungen ging es Virgile also gut. Er war erleichtert, und gleichzeitig schämte er sich, nicht etwas couragierter gewesen zu sein. Jetzt, da jegliche Gefahr ausgeräumt war, straffte er seine hängenden Schultern und setzte die Miene eines selbstsicheren Mannes auf. Er dankte der Ärztin und bezahlte am Empfang seine Rechnung. Dann verabschiedete er sich mit lässiger Geste und ging hinaus.

Er musste drei Mal den Bus wechseln, um in die Passage des Petites Écuries zu gelangen. Während der Fahrt machte sich Virgile wieder mit dem Gedanken vertraut, am Leben zu bleiben; achtsam folgte er der reinen Bewegung seines Atmens, vom Einatmen bis hin zu den Bronchialbläschen seiner Lungen. Alles kam ihm verändert vor, besaß noch nie bemerkte plastische und nahezu leuchtende Eigenschaften: die auf dem Boden liegenden Papierfetzen, das Grau der Tauben, die Reklameschilder und die Autos. Er sah zum ersten Mal. Der Begriff der Banalität war aus seinem inneren Wörterbuch verschwunden, die Wirklichkeit schien von einem surrealistischen Künstler inszeniert und dekoriert worden zu sein. Für die Zeitspanne, die er geglaubt hatte, sein Leben zu verlieren, hatte er auch die Welt verloren. Nun fand er sie wieder, gegenwärtiger, wahrhaftiger und schöner als je zuvor. Der kurze Aufenthalt im Computertomografen war wie ein Brutkasten für die Frühgeburt gewesen, als die er seit einunddreißig Jahren durchs Leben ging. Er hatte Kraft gewonnen, sein Immunsystem hatte sich gefestigt und seine Sinne hatten neue Nervenzellen bekommen.

Kaum hatte die Therapeutin die Tür hinter sich geschlossen, verkündete Virgile ihr die Neuigkeit:

„Ich habe nichts."

Die Psychoanalytikerin wirkte nicht überrascht. Aus ihrer Sicht besaß Virgile jedoch durchaus ein

Leiden: Diese Episode würde seine Hypochondrie verstärken. Virgile zufolge (aber Frau Doktor Zetkin teilte diese Theorie vermutlich nicht) war seine Hypochondrie mehr ein Hobby denn eine Neurose: Wenn man Junggeselle ist und so viel Freizeit hat, die man nicht damit vertut, Liebe zu machen, Hand in Hand durch den Wald zu spazieren, ins Kino zu gehen und einen großen romantischen Film anzusehen, dann gibt es keine stimulierenderen Aktivitäten, als sich Röntgenaufnahmen oder Elektrokardiogrammen zu unterziehen und vielfältiges klinisches Abtasten über sich ergehen zu lassen. Frau Doktor Zetkin schenkte sich eine Tasse Tee ein. Vom Dampf beschlugen ihre Brillengläser ein wenig.

„Ich dachte, dass ich krank bin und meine Erinnerung mir einen Streich spielt", sagte Virgile, ohne sich überhaupt hinzusetzen.

Er stützte sich mit beiden Händen auf dem Schreibtisch auf und beugte sich zu der Psychoanalytikerin vor.

„In Wirklichkeit ist es nämlich so, dass dieses Mädchen sich einen Spaß daraus gemacht hat, eine Nachricht auf meinem Anrufbeantworter zu hinterlassen. Dann hat sie Faustine angerufen, um ihr zu sagen, dass sie mich verlässt. Das ist machiavellistisch."

„Und warum sollte sie so etwas getan haben?"

„Sie muss wahnsinnig sein."

„Mein lieber Virgile, Sie sehen überall Wahnsinnige. Das erspart es Ihnen, sich mit der Komplexität Ihrer Umgebung auseinanderzusetzen."

Die Feststellung verblüffte Virgile. Er wollte etwas entgegnen, fand aber keinen triftigen Ansatz. Die Psychoanalytikerin stand auf und öffnete die Tür, offenbar zufrieden darüber, ihren Patienten in eine solche Verwirrung gestürzt zu haben.

Auf dem Boulevard Strasbourg fiel ein feiner Regen. Verkäufer von gerösteten Maiskolben schützten sich unter Regenschirmhüten, die Friseursalons waren voll, man vertrieb sich die Zeit dort mit einem Plausch oder einem Kaffee. Virgile zog seine Jacke aus. Er hatte es eilig, Armelle ausfindig zu machen und ihren Rat einzuholen.

Er ging leichten Schrittes dahin, sein Blick schweifte in die Ferne. Die zärtliche Berührung des Regens tat ihm gut. Er war zwar nicht dem Tod entronnen, aber doch für eine Zeit zumindest dem Gedanken an den Tod, und der Gedanke an den Tod wiegt schwerer als der Tod selbst, denn er verfolgt uns unser ganzes Leben. Jedes Ergebnis einer medizinischen Untersuchung erlaubte es Virgile aufs Neue, die Wiederauferstehung und die Wonnen dieser Welt zu spüren. Auch wenn die allgemeine Lebenserwartung sich immer weiter verlängerte, lebte er, was die Angst und Hinfälligkeit in Bezug auf Körper und Krankheit anging, im gleichen Zustand wie ein Mensch des Mittelalters: Er hegte keinen Zweifel, dass selbst ein einfacher Schnupfen sich als verhängnisvoll erweisen konnte.

Das Leben von Virgile war genau geregelt. Er misstraute dem Umherschweifen seiner Gedanken, daher hatte er es sich angewöhnt, sie zur Ruhe zu zwingen, so wie man ein wildes Tier bändigt. Mit der Feststellung, dass diese Frau offensichtlich wahnsinnig war, gelang es ihm, die Frage abzuschließen. Aber Frau Doktor Zetkin hatte den Zweifel erneut gesät.

Bei einer objektiven Betrachtung der ganzen Situation musste Virgile sehr wohl andere Gründe als den Wahnsinn in Erwägung ziehen. Das erschreckte ihn, weckte aber zugleich sein Interesse. Während er den Boulevard Magenta hinaufging, dachte er an Clara wie an ein kompliziertes mathematisches Problem. Der Bus hielt. Virgile stieg ein und setzte sich auf die hinterste Bank.

Er begann, eine Liste der möglichen Erklärungen anzufertigen. Er zeichnete ganz hinten in dem Büchlein, das er in seiner Tasche bei sich hatte, eine Spalte. Er biss auf seinem Stift herum und trug seine Gedanken zusammen. Es war äußerst unwahrscheinlich, dass es sich um einen Scherz handelte. Man war aus dem Alter der Telefonstreiche heraus. Zudem war das alles nicht lustig. Handelte es sich um eine narzisstische Kränkung oder um Rache? Er hatte diesem Mädchen an jenem Abend keine Aufmerksamkeit geschenkt, und sie hatte ihm in ihrer Verletztheit so übel mitgespielt, um sich zu rächen. Er war stets höflich, aber seine Gedankenlosigkeit ließ ein solches Fehlverhalten möglich erscheinen. Er erwog, ihr einen Blumenstrauß schicken zu lassen. Als der Bus vor der Gare du Nord hielt, hatte er immer noch keine Antwort gefunden, aber die Frage interessierte ihn auch nicht mehr wirklich, so erfüllt war er von dem Vergnügen, wieder zu den Wohlbefindlichen zu gehören.

Es war Mittagessenszeit. Der Regen sank vom Himmel wie durchscheinende Bahnen eines Vorhangs. Die Brasserie *Terminus Nord* beim Prachteingang des Bahnhofs war gut besucht wie immer. Geschäftsleute ebenso wie belgische, englische, niederländische und französische Touristen nahmen ihre erste Mahlzeit in Paris ein oder tranken vor der Abfahrt ihren letzten Kaffee am Tresen. Die Koffer rollten über den Mosaikfußboden und warteten neben den Tischen geduldig wie folgsame Haustiere. Kostüme und Anzüge waren ebenso zahlreich vertreten wie lässige Kleidung. Der Austernhändler öffnete die Austern, die Kellner flitzten samt ihren mit Meeresfrüchten beladenen Tabletts von Tisch zu Tisch; der Geruch von Krustentieren, Muscheln und Fisch verschmolz mit demjenigen von Kaffee. Die Stammgäste aßen am Tresen oder in dem kleinen Salon hinten in der Brasserie.

Armelle saß auf der Terrasse und trank ein Glas Perrier. Sie wartete mit viel Anmut und Eleganz (Virgile hingegen hätte mit den Füßen gescharrt, mit den Händen auf seine Beine getrommelt, mit dem Fuß gewippt oder den Kopf unruhig hin- und hergewendet). Die junge Frau war die Ruhe selbst, ihr Körper belästigte sie nicht, ihr Geist funktionierte, ohne den Leib zu beeinträchtigen. Sie wartete, als würde sie eine vornehme Tätigkeit ausüben, eine alte überlieferte, vielschichtige und edle Kunst. Sie trug einen leichten schwarzen Mantel mit Kapuze über einer weißen Baumwolltunika; ein pflaumenfarbenes Seidentuch war um ihren Hals geschlungen und lief unter ihrem schönen Haar entlang. Mehrere Bücher schauten aus ihrer Handtasche heraus.

Die beiden Freunde hatten sich an der philosophischen Fakultät kennengelernt. Aus einer plötzlichen Eingebung heraus hatte sich Armelle im großen Amphitheater der Sorbonne neben Virgile gesetzt, wo ein Vortrag über Stanley Cavell gehalten wurde. Sie waren einander sofort sympathisch gewesen, als sie sich über das große Wandbild von Puvis de Chavannes unterhielten, einer Allegorie, die die Künste und die Wissenschaften in Form von farbigen Gestalten und Musen darstellt. Es bildete ein Antidot zu den sechs eng in den Nischen des Amphitheaters stehenden, traurigen und ernsthaften männlichen Statuen.

Im Laufe dieser sich wundersam hier- und dorthin verirrenden Unterhaltung hatte sich Virgile in seine Mitstudentin verliebt. Als sie ihm eröffnete, dass sie lesbisch war, hatte er mit sehr viel Gespür für die Situation auf Knien um ihre Hand angehalten. Nach ein paar Trinkgelagen waren sie unzertrennlich geworden. Armelle nahm einen besonderen Platz ein, sie gehörte nicht zur Welt der anderen Freunde von Virgile; sie kannte diese nicht und verspürte offenbar auch keine Lust, sie kennenzulernen. Sie hatte ihre eigenen

Freunde, mit denen Virgile nicht verkehrte, und Anne-Elisabeth, ihre Geliebte, die in Strasbourg wohnte.

Armelle legte nicht genug pädagogischen Enthusiasmus an den Tag, um sich in der Hoffnung zu wiegen, eines Tages die Zulassung zu erhalten und zu unterrichten. Kurz nach Fertigstellung ihrer Doktorarbeit (*Der Wille, nicht verstanden zu werden* im Werk von Nietzsche) hatte sie damit begonnen, für galante erotische Blättchen Modell zu sitzen (Studentenjobs ertrug sie nicht mehr). Der Anblick ihrer ersten Fotos hatte Virgile in Verwirrung gestürzt. Ihr Gesicht war nicht zu erkennen, denn sie schminkte sich äußerst geschickt. Make-up, Perücke, farbige Kontaktlinsen, Schmuck und abwaschbare Tattoos halfen ihr dabei, ihre Anonymität zu wahren. Erotische Magazine, Wäschekataloge und Internetseiten rissen sich um ihre Bilder. Als treuer und gewissenhafter Freund begleitete Virgile sie für die Fotositzungen ins Studio Daguerre. Unter seinem Bett bewahrte er Exemplare der Zeitschriften auf, in denen sie abgebildet war.

Armelle brachte den Großteil ihrer Einnahmen zur Bank und lebte in einem Hausmädchenzimmer in der Rue de Maubeuge unweit der Gare du Nord. Jeden Tag besuchte sie Kurse an der Freien Universität für Astrologie und okkulte Wissenschaften in der Basilika der Kunst- und Gewerbeschule. Da ihre universitäre Bildung ihr niemals Zugang zu einem anständigen Beruf verschaffen würde, hatte sie ganz pragmatisch beschlossen, an den Einfluss der Himmelskörper auf die menschlichen Wesen zu glauben und Wahrsagerin zu werden. Einmal hatte Virgile sie gefragt, ob sie tatsächlich an den Okkultismus glaube. Sie hatte geantwortet:

„Natürlich, ich habe mich schließlich dazu entschlossen."

In ihrer Bejahung lag keine Spur von Aufschneiderei; ihre Überzeugung war zugleich sanft und unerschütterlich. Virgile wusste nichts über die Vergangenheit seiner Freundin, aber ihm war die Narbe einer alten Verletzung an ihrem linken Unterarm aufgefallen, und manchmal entdeckte er einen Anflug von Verzweiflung in ihren Augen, eine Spur von Melancholie auf ihren Lippen. Diese traurigen Zeichen verschwanden wieder, und Armelle fand zu ihrer Unbeschwertheit und ihrem Humor zurück, aber Virgile ahnte, dass sie Schlimmes erlebt hatte. Sie brauchte festen Boden unter den Füßen. Ein solcher Halt war lebensnotwendig für sie. Dass sich dieser Boden aus etwas Phantastischem, aus diffuser Mythologie oder eigener Eingebungskraft nährte, machte ihn zuverlässiger und fester, als wäre er ein Bestandteil der realen Welt gewesen: Die Geologie ihrer Welt hing nur von ihr allein ab.

Was für eine Verschwendung, hatte Virgile lange gedacht – ein wenig so, als gäbe eine Sopranistin ihre Opernkarriere auf, um im Fernsehen zu singen. Armelle beherrschte die lateinische und die altgriechische Sprache, und ihre Kenntnisse in Geschichte und Philosophie waren umwerfend. Natürlich leugnete sie die Erkennbarkeit der Welt. Wenn Virgile betonte, dass der Wahrsagerei jede wissenschaftliche Grundlage fehlte, entgegnete sie ihm, dass gerade die Werbung die Fortdauer des magischen Denkens und des Irrationalen in der modernen Gesellschaft demonstrierte. Keiner entkam dem Glauben. Bei der Astrologie war der irrationale Anspruch durch ihren schlechten Ruf wenigstens offensichtlich. Eine Zeit lang hatte Virgile versucht, sie auf den Pfad einer vernünftigen Tätigkeit zurückzubringen; er hatte ihr versichert, dass die Wahrsagerei mehr von ihr lernen könnte als umgekehrt.

„Umso besser", hatte sie geantwortet. „Das kann all denjenigen nur nützlich sein, die einmal in meine Sprechstunde kommen."

Im Schein einer kleinen Leselampe der Bibliothèque Nationale hatte sie neben ihren Kursen an der Universität der okkulten Wissenschaften die Geschichte und die Techniken der *divinatio artificiosa* erlernt, und zwar mit der gleichen Zähigkeit und dem gleichen Eifer, mit dem sie das Klavierspielen erlernt hätte. Die Wahrsagerei war zu ihrem Instrument geworden; sie eignete sich das Solfeggio, die Tonleitern sowie die unterschiedlichen Stile und Formen an: die Oniromantie, die Astrologie, die Chiromantie, die Kartomantie, die Chresmologie, die Kristallomantie, die Hydromantie, die Katoptromantie, die Pharmakomantie, die Arithmomantie, die Radiesthesie, die Geomantie, die Numerologie und die Graphologie. Sie beherrschte sowohl die intuitive wie die gelehrte Wahrsagekunst. Am Ende hatte Virgile zugeben müssen, dass es Armelles Vorhaben weder an Sinn noch an Reiz mangelte. Er begriff, dass sich hier die Lebenskraft seiner Freundin manifestierte. Die Wahrsagerei, wie Armelle sie auffasste, war keine Laune, sondern eine aufrichtige Leidenschaft. Sie arbeitete unaufhörlich daran, die Menschen zu verstehen und ein Mittel zu finden, ihr wahrsagerisches Wissen in Wort und Tat zur Verfügung zu stellen.

Auf der großen Bahnhofsuhr war es zwölf Uhr mittags. Die Glocken der Kirche Saint-Vincent de Paul läuteten. Virgile setzte sich neben Armelle. Diese umfasste seinen Nacken, zog ihn zu sich heran und küsste ihn zur Begrüßung auf beide Wangen. Armelles Parfum, *Tuberose criminelle*, ihr Haar und ihr Blick taten augenblicklich ihre Wirkung bei Virgile. Seine Schultern wurden locker und sein Nacken entspannte sich.

„Geht es dir gut?“, fragte Armelle.

„Der Tod und die Liebe, du weißt schon.“

Der Oktober schien eine vielversprechende Wendung zu nehmen. Virgile war der Krankheit entronnen, und ein Geheimnis war in seinem Leben aufgetaucht. Sie bestellten einen überbackenen Toast und einen Salat. Virgile berichtete von den Ereignissen der letzten vierundzwanzig Stunden.

„Jetzt werde ich", so schloss er bedauernd, „wie ein Idiot dastehen."

„Ich finde, das ist eine sehr schöne Geschichte", sagte Armelle.

Das Gefühlsleben von Virgile nahm in den Gesprächen seiner Freunde immer schon einen breiten Raum ein. Die Neuigkeit vom Ende seiner Nicht-Liebesgeschichte würde nun genug Stoff liefern, um ganze Abende zu füllen. In diesem Augenblick fasste Virgile eine Entscheidung, die ihn selbst überraschte.

„Ich werde nichts sagen."

Armelle dachte einen Augenblick nach und stimmte dann zu: „Nichts zwingt dich dazu."

Sie sahen einander verschmitzt an, wie zwei Kinder, die beschlossen hatten, jemanden an der Nase herumzuführen. Das war die Lösung. Das Christentum hat die Idee der Wahrheit mit grausamen Folterungen und Inquisitionstribunalen in die Köpfe getrieben. Aber sobald man darauf verzichtet, die Hexen zu verbrennen, die Juden zu verfolgen und die Sklaverei zu rechtfertigen, scheint die Lüge sehr viel besser mit dem sozialen Leben vereinbar zu sein.

„Und da alle glauben, dass du an gebrochenem Herzen leidest, werden dich alle streicheln."

„So ist es."

Für seine Umwelt war Virgile ein Opfer der weiblichen Kleinmütigkeit, ein zartes Opferlamm auf dem Altar der unversöhnlichen Beziehungen zwischen den Geschlechtern. Seit vierundzwanzig Stunden riefen seine Ex-Freundinnen ihn an, erkundigten sich nach seiner seelischen Verfassung und boten sich an, ihn ins Kino zu begleiten oder ins Restaurant einzuladen.

„Wirst du versuchen herauszufinden, warum diese Clara dir weismachen wollte, ihr wäret zusammen gewesen?“

Der Kellner brachte ihre Teller, die Salatplatte und eine Karaffe Wasser. Der Geruch von gratiniertem Gruyère-Käse lenkte Virgile einen Augenblick ab. Es war seine erste Mahlzeit seit der Computertomografie, der überbackene Toast würde der beste sein, den er jemals gegessen hatte. Seine Sinne waren angeregt, sein Empfindungsvermögen aufs Äußerste aktiviert. Er häufte mit fein gehackten Zwiebeln und Petersilie übersäte Salatblätter auf seinen überbackenen Toast.

„Es fällt mir schon reichlich schwer, die normalen Dinge zu verstehen, die die Leute machen. Hier handelt es sich einfach nur um ein Mädchen, das erzählt, es habe mich verlassen. Und das eine Nachricht auf meinem Anrufbeantworter hinterlassen hat, um … ich weiß nicht, warum, und es interessiert mich auch nicht. Es ist mir vollkommen egal.“

„Du bist nicht gerade neugierig.“

Um sieben Uhr einunddreißig fuhr Virgiles Hand auf den Radiowecker nieder. Er fühlte sich in blendender Form. Jetzt folgten aufeinander: Yoga-Übungen, Dusche und Frühstück (Haferflocken und Sojamilch, Joghurt, getrocknete Feigen und Banane). Er verließ seine Wohnung um halb neun und begegnete im Treppenhaus seiner Nachbarin, die auf dem gleichen Flur wohnte und mit einem Kunden nach oben kam. Das samtige Tageslicht umschmeichelte ihn. Er grüßte die drei Mädchen auf dem Gehsteig und sprang in den Bus.

Der Bus war voll, er fand einen Platz zwischen zwei Frauen, die über die internationale Finanzkrise diskutierten. In jeder Kurve oder bei einem etwas unvermittelten Halt wurde er gegen die eine oder andere gepresst. Er kam an, als die Büros von Svengali gerade öffneten. Nichts zwang ihn zur Pünktlichkeit, es gab weder eine Stechuhr noch eine strenge Kontrolle seines Zeitplans. Virgile gehorchte den Regeln von dem Augenblick an, in dem man sie ihm nicht aufzwang. Der freie Wille war die Bedingung für seine Folgsamkeit. Die Arbeitszeit (von neun bis siebzehn Uhr) gab seinen Tagen einen Rahmen; seine Arbeit war in ein zeitliches Gefängnis eingesperrt.

Aufgrund der zahllosen juristischen Probleme im Zirkus seiner Eltern hatte Virgile sehr früh eine gewisse Affinität zur Rechtsprechung entwickelt. So hatte er sich nach dem Abitur an der juristischen Fakultät eingeschrieben. Aber mit dem Studium dieser Fachrichtung überkam ihn die Schlafsucht: Virgile langweilte sich zu Tode. Um zu verhindern, dass er in ein unheilbares Koma fiel, wurde er freier Zuhörer in der Philosophie. Dieses Ausweichmanöver rettete ihn jedoch nicht. Sehr schnell wurde ihm klar, dass ihn seine Prüfungsnoten in Zivil- und Verwaltungsrecht nur für eine untergeordnete und schlecht bezahlte Beschäftigung, eine unsichere und undankbare Anstellung im Büro oder bestenfalls für eine Tätigkeit als Mitarbeiter in einer Kanzlei prädestinierten. Er stammte nicht aus einer Familie von Brahmanen, sondern war mit dem Lumpenproletariat auf Augenhöhe. Seine Phantasie wurde zu seinem Rettungsanker.

Die Werbung war der einzige Berufszweig, wo ein junger, einfallsreicher Mann eine Zuflucht finden und relativ freie und in sich gekehrte Tage verbringen konnte. Er hatte seinen Lebenslauf an mehrere Agenturen geschickt. Svengali Communication hatte ihn zu einem Gespräch gebeten, in dem er sich so unbehaglich fühlte, dass der Leiter der Personalabteilung davon überzeugt war, er habe eine interessante Persönlichkeit vor sich. Er schätzte offenbar seine doppelte Hochschulausbildung, sein Talent beim Uminterpretieren der Zeugnisse, und so stellte er ihn ein. Auf gesellschaftlicher Ebene war Virgile natürlich geliefert: Nur die Hersteller von Tretminen standen in schlechterem Ansehen. Der junge Mann zog den Spott seiner Freunde auf sich. Er ertrug die Anzüglichkeiten derjenigen, die aufgrund einer besseren Herkunft in achtbaren Berufszweigen arbeiteten.

Widerspruchsgeist und Pessimismus hatten Virgile veranlasst, eine zynische Argumentation zur Verteidigung der Werbung zu entwickeln. Die Langlebigkeit der Marken, so brachte er zu Papier, überdauert diejenige der Ehe. Marken vermitteln ein Gefühl von Dauer und Sicherheit; sie sind die Menhire und Pyramiden der Moderne. Denn wenn die Leute nicht an die Marken glauben, woran können sie dann noch glauben? An Ideologien, die Millionen von Menschen das Leben kosten? An die Liebe, die sie reinigen wird? Der Konsum erlaubt es, sich in einer Welt ohne Gott und ohne kollektives Engagement einzurichten, in der Liebesbeziehungen nicht einmal zwei Jahre dauern.

Svengali war vor eineinhalb Jahrhunderten von einem Vorfahren der gegenwärtigen Mitgeschäftsführerin (ihr Gatte thronte neben ihr) gegründet worden, in der Zeit also, als diese Branche ihren Aufschwung nahm. Das Gebäude war drei Jahre vor der Französischen Revolution, kurz nach der Eröffnung der gegenüber liegenden Comédie Française, erbaut worden. Nach der Pariser Kommune waren die Holztäfelungen restauriert worden, aber der Geist, der dort herrschte, roch mehr nach dem konservativen Politiker Adolphe Thiers als nach Louise Michel, der Kommunenkämpferin, die sich bereit erklärt hatte, Thiers zu erschießen. Svengali hatte etwa fünfzig Mitarbeiter, die in diesem Gebäude, auf drei Etagen verteilt, arbeiteten. Die Plakate und Fotos von den Werbekampagnen der Agentur hingen an den Wänden: Toulouse-Lautrec, Mucha, Vuillard, Fellini, Cassandre, Piatti.

Svengali war der Kokon von Virgile. Er liebte es, durch die Flure zu schlendern, im Aufenthaltsraum zu arbeiten, während die Kaffeemaschine vor sich hin brummte, er liebte es, seinen Kollegen zuzuhören und manchmal ein Wort oder einen Satz zu ihrer Unterhaltung beizusteuern. Er besaß kein Büro, sondern einen abgeteilten Arbeitsplatz in einem sogenannten „Kreativ-Raum". Dass man glaubte, Kreativität an einem ganz bestimmten Ort festschreiben zu können, hatte Virgile amüsiert. Ein kleines Schild mit der Aufschrift „Kreativ-Raum" (vergleichbar mit demjenigen für die Toiletten oder den Besprechungsraum) war an der Tür festgeschraubt. Es war ein angenehmer Ort. Man schrieb auf eine große schwarze Tafel, las, zeichnete oder diskutierte.

Trotz der Versuchung, seine Kollegen als Protoplasma-Tierchen zu betrachten, verstand Virgile sich gut mit ihnen. Aus Gründen der Bequemlichkeit brachte er die Philosophie von Levinas zur Anwendung: Das Antlitz des anderen untersagt den Mord und gemahnt an die Existenz einer menschlichen Gemeinschaft. Er hegte seinen Arbeitskollegen gegenüber keinerlei Erwartung, und folglich herrschte eine friedliche Koexistenz zwischen ihnen.

Virgile brachte Svengali eine gewisse Wertschätzung entgegen. Diese Agentur zählte nicht zu jenen, wo überbezahlte junge Menschen mit Pulverresten von Kokain in den Nasenlöchern die Verbraucher voller Verachtung ins Visier nehmen. Natürlich ging es auch hier nicht darum, sich als Lebensretter zu gebärden: Man bemühte sich, die Leute auf möglichst verführerische Weise davon zu überzeugen, Dinge zu kaufen, die sie nicht benötigten.

Die Ausstattung der Räumlichkeiten war ausgesprochen gediegen. Die Geschäftsleitung legte Wert darauf, eine Tradition altmodischer Eleganz aufrechtzuerhalten. Keine lebhaften Farben, keine technischen Spielereien, keine sich automatisch öffnenden Türen und auch kein Neonlicht. Die Schreibtische waren aus Mahagoniholz und die Sessel aus Leder, das alte Parkett befand sich in makellosem Zustand, das Dekor hätte jeden Antiquitätenhändler zum Schwärmen gebracht. Es hätte großen Unmut geweckt, wenn jemand in Turnschuhen zur Arbeit erschienen wäre oder einen zu schnellen und protzigen Wagen gefahren hätte.

Im Augenblick dachte Virgile über eine Werbekampagne für ein Joghurt nach, ein banales Joghurt, das jedoch von einem Großkonzern für Agrarerzeugnisse in Europa produziert wurde und allein deshalb mit unvergleichlichen Eigenschaften bedacht werden musste. In Virgiles Kopf schwirrten milchgesättigte Bilder von Kühen, Wiesen und kleinen Löffeln herum.

Ein vornehmer Duft von Patschuli und Weihrauch zog aus dem Büro von Simone zu ihm herüber. Die Tür stand offen. Masken, bäuerliche Gerätschaften, Puppen, Wandbehänge und Teppiche schmückten das Zimmer. Simone reiste mehrmals im Jahr in ein Land der Dritten Welt und brachte Unmengen von Kunstgegenständen mit, um ihre Ali-Baba-Höhle zu bestücken. Sie ermunterte die Redakteure und Grafiker, sich dort Inspirationen zu Formen und Farben zu holen. Die Welt bot sich doch gleichermaßen als Farbkasten und Alphabet dar: Ein paar Minuten in dem Sammelsurium ihres Arbeitszimmers reichten aus, um in den Bann ihrer Schätze zu geraten und kreative Ideen zu entwickeln.

Simone empfing ihre Besucher in Ledersesseln vor dem Erkerfenster. Von dort sah man auf den Pont des Arts, der zu den Gebäuden des *Institut de France* und dessen Akademien führte. Simone leitete eine der Abteilungen der Agentur, aber sie hatte es nicht nötig, sich als Chefin aufzuspielen. Ihre natürliche Autorität und ihr Sinn für Humor reichten aus, um sich Respekt zu verschaffen.

Als Virgile im Türrahmen erschien, schwenkte sie mit einladender Geste die weiße Pfauenfeder, die sie in der Hand hielt. Der junge Mann nahm in einem Sessel Platz. Er erfand eine glaubwürdige Geschichte von einem Nesselfieber in Verbindung mit einem Hautgeschwür (einem *noli me tangere*, führte er aus, um seine Lüge mit einem poetischen und seriösen Ausdruck zu bemänteln), um sein Fehlen vom Vortag zu erklären. Simone trug einen orange-gelben Rock mit Hindu-Motiven; eine mit Korallen besetzte Spange hielt ihr Haar zusammen. Virgile hatte sich in sie verliebt, als er bei Svengali anfing. Zwei Dinge hatten seinen Eifer zum Erliegen gebracht: Sie war seine Vorgesetzte, und sie war unempfänglich für seinen Charme.

„Wir haben dich für den Posten des Senior-Redakteurs ins Auge gefasst“, verkündete sie ihm jetzt.

Damit hatte Virgile nicht gerechnet. Für jemanden, der an Zeugnisse mit vernichtenden Noten, an vor Korrekturen strotzende Hausarbeiten und an Maßregelungen der Professoren gewöhnt ist, hat eine Beförderung etwas Irreales. Vom ersten Tag an hatte er sich bei Svengali darauf beschränkt, Ideen einzubringen, noch nie hatte er eine Kampagne geleitet. Er besaß das

Gemüt eines Aufklärers, nicht das eines Generals. Verunsichert griff er nach der Feder und wedelte damit vor seinem Gesicht herum, während er gleichzeitig an den Tod des Pfaus und seine über die ganze Welt verstreuten Federn dachte. Simone genoss seine Überraschung und zündete ein neues Räucherstäbchen an.

„Das ist natürlich mit einer Gehaltserhöhung verbunden."

Die Spitze des Räucherstäbchens glühte rot vor sich hin. Virgile dachte nicht lange nach, bevor er antwortete.

„Das ist sehr freundlich, aber das möchte ich nicht. Es bedeutet mir nichts."

„Du scherzt wohl", erwiderte Simone.

Sie schrie leise auf, als das Streichholz ihr die Fingerspitze verbrannte. Virgile war verlegen, denn er schätzte Simone. Es kam ihm sehr unhöflich, ja taktlos vor, ihr Angebot abzulehnen. Er errötete und schüttelte erneut den Kopf.

Dass Virgile es ablehnte, sein Gehalt um ein erkleckliches Sümmchen anwachsen zu sehen, verblüffte Simone. In einer Werbeagentur genießt ein kreativer Kopf einen gewissen Freiraum, er darf in seine Gedanken versunken sein, zwei ungleiche Strümpfe tragen, koreanische Rockmusik hören und dabei im Rhythmus mit einem Holzlöffel gegen eine Schüssel schlagen, und er darf alle Substanzen konsumieren, nach denen ihm der Sinn steht. Aber das Verhalten von Virgile überschritt die Grenzen der geduldeten Überspanntheit. Simone fragte ihn halb besorgt, halb ärgerlich, ob er nicht doch noch krank wäre. Er versuchte sie zu beruhigen. Plötzlich sah sie in ihm nicht mehr den begabten und höflichen Angestellten: Er war eine exotisches Wesen, das sie auf der nächsten Versammlung der Geschäftsleitung zur Sprache bringen würde. Er war eine Kuriosität, die sie nicht aus Afrika mitbringen musste.

Virgile begab sich in den Kreativ-Raum. Das große Fenster dort besaß bunte Scheiben. Er setzte sich an den Tisch in der Mitte, nahm ein Blatt Papier und bewaffnete sich mit einem orangefarbenen Bic-Stift mit schwarzer Mine. Er schrieb eine Reihe von Worten nieder, dann legte er sein Kinn auf seine verschränkten Hände. Sobald sein Denken sich auf seine Arbeit richtete, fühlte er sich gut. Sein Leben war allzu sehr aus den Fugen geraten; die Rückkehr zur Stabilität war unbedingt notwendig. Er arbeitete für das befriedigende Gefühl, das sich einstellt, wenn man sich auf eine Sache konzentriert. Und für nichts anderes. Er war nicht darauf aus, in der Hierarchie nach oben zu klettern. Er fand ein solches Ziel nicht absurd oder verwerflich, aber es war ganz einfach nicht sein Ding.

Er hatte sein Leben so zu verbringen versucht, dass er nicht auffiel. Es war eine Frage des Überlebens.

Aufzufallen brachte zweierlei Gefahren mit sich: Man machte sich angreifbar oder setzte sich dem Vergessen aus. Es war umsichtiger, in einem ruhmlosen Halbdunkel zu verweilen.

Virgile dachte oft an Marc Aurel. Als dieser die Schlacht gegen die Rom bedrohenden Barbaren an der Donau gewonnen hatte, hatte ihn nicht der Glückstaumel übermannt, sondern die Verzweiflung. Ein Sieg spendet keinen Trost. Virgiles Überzeugung lautete: Man muss im Leben gleichermaßen danach trachten, nicht zu verlieren und nicht zu gewinnen. Die Aufgabe ist heikel, da diese einander entgegengesetzten Pole jeder für sich eine große Anziehungskraft besitzen.

Faustine wartete in ihrem roten, vom Wind sachte emporgewehten Seidenrock vor dem *Phô Dong Hu'o'ng*, einem vietnamesischen Restaurant in Belleville. Wer einer pompösen Hochzeit mit Blitzlichtgewitter beiwohnen, auf Mandarin gesungenen Liebesliedern lauschen und zugleich vorzügliche und fremdartige Gerichte kosten will, die von weiß gekleideten Kellnern auf reich beladenen Servierwagen zum Gast manövriert werden, der muss in die erste Etage des *Président* gehen. Aber wer einen ruhigeren Rahmen vorzieht, der ist im bescheidenen *Phô Dong Hu'o'ng* genau richtig.

Faustine stürzte sich auf Virgile und drückte ihn an ihre Brust, eine Geste, derer er nie überdrüssig wurde. Sie tätschelte ihm die Schulter. Sie setzten sich hinten in das Restaurant. Hier aßen sie gerne zusammen, die Kellner scherzten untereinander, die Küche war gut, die Bedienung effizient, die Preise moderat und die Kundschaft zum Großteil asiatisch. Die Menus standen in vietnamesischer Sprache auf der Karte; Fotos bebilderten die Gerichte. Was man auch wählte, man wurde nie enttäuscht.

Virgile hatte Faustine bei einer Aufführung von *Was ihr wollt* im Théâtre de la Colline kennengelernt. Die als Roboter verkleideten Schauspieler sprachen mit elektronisch verzerrten Stimmen und bewegten sich in winzigen, um die Taille gebundenen fliegenden Untertassen. Virgile hatte fünf Minuten nach dem Aufgehen des Vorhangs einen vegetativ bedingten Kreislaufschock erlitten. Von der Vorsehung zu seiner Sitznachbarin bestimmt, hatte Faustine ihn aufgefangen, bevor sein Kopf auf den Boden schlagen konnte; sie hatte ihn aus dem Theatersaal hinausgetragen. Ein Stück Zucker und ein Glas Wasser bewirkten, dass er wieder zu sich kam und sich in seine Retterin verliebte (die zu dieser Gelegenheit eine Kombination aus schwarzem Organdy und dazu karierte leichte Schuhe trug). Aber Faustine blieb nicht lange genug ungebunden, um Virgile eine Chance zu lassen, sich ihr zu erklären. Ihr Herz zu erobern hätte eine besondere Begabung für den Sprint erfordert, denn die Kandidaten überrannten einander geradezu. Virgile, der wenig Gefallen am Wettkampf fand und auch wenig Geschick dafür besaß, gab also jeden Anspruch eines Verliebten auf, und sie wurden Freunde.

„Kommst du klar?", fragte Faustine.

„Es ist nicht leicht."

Virgile senkte niedergeschlagen den Blick. Er biss sich auf die Unterlippe. Innerlich strahlte er. Er würde nun tun, was auch sonst sein täglich Brot war: mit Worten und gezeigten Gefühlen ein stimmiges Ganzes abliefern. Zudem war er die Rolle des verlassenen Mannes gewohnt, er kannte die Klagen und die feinsten Verhaltensnuancen dieser immer wiederkehrenden Verfassung.

Faustine hatte vor allen anderen von der „Trennung" erfahren. Wäre sie mit Clara befreundet gewesen, so hätte sie wissen müssen, dass es diese Beziehung niemals gegeben hatte. Das war jedoch nicht der Fall. Virgile beschloss, nicht weiter nachzuforschen, um keinen Verdacht bei seiner Freundin zu wecken.

Der Kellner erschien mit Block und gezücktem Stift an ihrem Tisch. Virgile behauptete, keinen Hunger zu haben. Faustine bedrängte ihn. Er bestellte drei Gläser Bier. Seine Freundin nahm die alkoholhaltige Bestellung zurück und stellte ein köstliches Menu zusammen. Virgile seufzte, als der Kellner ein *bánh khoái* (eine mit Schweinefleisch, Garnelen und Sojasprossen gefüllte Teigtasche) mit goldener, knusprig aufgegangener Kruste brachte. Er tat so, als müsse er sich zwingen, die vorzüglichen *cha ca* (frittierte Fischstücke), die Nems und das Chao tom (auf ein Stück Zuckerrohr gedrückte Garnelenpaste) zu essen. Die mit Kumin, Nuoc-mam und gerösteten Erdnüssen gewürzten Speisen entzückten ihn auch diesmal. Sorgsam achtete er darauf, seinen Genuss hinter wechselnden Leidensmienen zu verbergen.

Faustine fand, dass Virgile ganz schön tapfer war: Er beklagte sich nicht und ließ sich nicht zu verbitterten Reden hinreißen. Zum ersten Mal in seinem Leben bewahrte ihr Freund Würde im Schmerz und legte kein Selbstmitleid an den Tag. Sie konnte es kaum fassen.

Während der gesamten Mahlzeit bot sie alle Kräfte auf, um ihn auf andere Gedanken zu bringen. So besaß sie die Liebenswürdigkeit, ihm vom jüngsten Streit mit ihrem Freund zu erzählen. Nichts spendet einen besseren Trost gegen das Alleinsein als die Problemgeschichten von Paaren. Jeder für sich genommen, waren Faustine und ihr Freund bezaubernd. Zusammen gaben sie eine überzeugende Werbung für die Vasektomie und die Ligatur der Eileiter ab. Die von ihnen eingegangene Verbindung bewahrte nur schwache Spuren der Entitäten, die sie vor ihrer Fusion gewesen waren (im seltsamen Universum der Gefühlsbeziehungen führt die Fusion zur Fission, die Verschmelzung zur Spaltung).

Die Botschaft, die Faustine Virgile übermittelte, war klar: Das Leben als Paar ist die Hölle. Wenn es tatsächlich ein Ende der Geschichte gibt, dann ist es nicht durch das Erscheinen Napoleons hervorgerufen worden, wie Hegel dachte, und auch nicht durch den Fall der Berliner Mauer, wie die konservativen Intellektuellen glauben, sondern durch die Herrschaft des Paares: Am Ende legt man sich auf die Schienen, das nächste Ereignis des Lebens wird der Tod sein, und es wird keine Todesanzeige geben. Faustine brachte große Energie auf, um ihn von der Sinnlosigkeit der Liebe zu überzeugen.

Das Abendessen endete mit einem kühlen, mehrfarbigen süßen Getränk, in dem sich Fruchtmark-Gelee, Sojakeime und Kokosmilch mischten. Faustine bezahlte die Rechnung. Es war ein großartiger Abend.

Es scheint, dass internationale Gesetze, eine Art Konvention von Verona, die gebrochenen Herzen schützen. Die Unglücklichen erhalten die Unterstützung einer mächtigen Freimaurer-Gemeinschaft. Jeden Abend kümmerte sich jemand anderes um Virgile.

Man wechselte sich als Babysitter ab. Man ging mit ihm aus, man kochte für ihn, man streichelte seine arme Seele. Er wurde ins Theater und ins Kino eingeladen, zu Vernissagen und Cocktails. Es war ihm nicht möglich, alle Vorschläge anzunehmen. Bald erzählten ihm Kuppler und Kupplerinnen von netten Frauen.

Noch nie war sein Leben so schön gewesen: Er profitierte vom Zerbrechen einer Beziehung, ohne den Schaden davon gehabt zu haben. Bei seinen früheren emotionalen Pleiten hatte ihn sein Unglück daran gehindert, den damit einhergehenden Zuspruch zu genießen. Um den Heilungsprozess richtig auszukosten, das begriff Virgile erst jetzt, ist es günstig, gar nicht krank zu sein.

Im Laufe der Gespräche war ihm aufgefallen, dass keiner seiner Freunde direkt mit Clara gesprochen hatte. Manche glaubten, ihr auf dem Fest bei Maud begegnet zu sein, aber niemand erinnerte sich an sie. Sie war da gewesen, das stand fest, aber mehr hätte man darüber auch nicht sagen können. Sie zählte nicht zum Kreis von Virgiles Bekannten. Und somit lief er auch nicht Gefahr, entlarvt zu werden.

Nadia lud ihn ein, das Wochenende im Landhaus der Eltern ihres Verlobten in der Normandie zu verbringen. Gewöhnlich verabscheute Virgile diese fernab der Zivilisation verbrachten Aufenthalte mit Leuten, die er nicht kannte und vermutlich nie in sein

Herz schließen würde. Das Leben in der Gruppe war ihm ein Graus. Die Unterhaltungen bar jeder Überraschungen über die obligatorischen Themen hinaus ermüdeten ihn. Er hatte nichts Originelles über Politik, Sex oder das Wetter zu sagen, und es widerstrebte ihm, seine intimen Gedanken vor Menschen zu enthüllen, deren einziges Ziel es war, ihre eigenen darzulegen. Aber da er Nadia keinen Kummer bereiten wollte, indem er sie daran hinderte, ihn zu trösten, ließ er sich mitnehmen.

Am Freitagabend stieg er in den grünen, mit Aufklebern (Blumen, Tiere und Rockgruppen) geschmückten Minivan von Nadias Verlobtem. Die Sitze waren plüschig, es gab keine Kopfstützen und die Fahrgastzelle verströmte hartnäckige Geruchsspuren von Erbrochenem. Das Gefährt hatte vermutlich niemals eine technische Kontrolluntersuchung erlebt, und sein Fahrer war Anhänger einer Religion, die es ihm offenbar erlaubte, den Sicherheitsabstand außer Acht zu lassen. Daher war Virgile erstaunt, als sie zweieinhalb Stunden später lebendig in Houlgate eintrafen. Nadia stellte ihm seine Begleiter für das Wochenende vor. Sie waren zu acht in dem großen Haus. Virgile machte vor dem Abendessen einen Spaziergang am Strand.

Der Aufenthalt verlief anders, als er befürchtet hatte. Man verlangte nichts von ihm. Er deckte nicht den Tisch ab und besorgte auch nicht den Abwasch.

In einen Roman vertieft, verbrachte er viel Zeit auf dem Sofa vor dem Kamin. Er war der Einzige, der Musik aussuchte (es gab einen alten Plattenspieler und eine verstaubte, aber aufregende Sammlung von King Oliver und Bix Beiderbecke). Er kostete große Weine aus dem Burgund (*Montrachet* und *Romanée conti*), aß ausgezeichneten Käse (einen vorzüglichen und weichen *Fin de siècle,* Camembert mit Calvados, *Livarot* und *Pont l'évèque*). Er unternahm keinerlei Anstrengung, sich an den Unterhaltungen zu beteiligen, und niemand wagte ihm zu widersprechen, wenn er zwingende oder harsche Urteile über diesen Film oder jenes Buch fällte oder wenn er sich gerade so wie Keynes für die Euthanasie des Rentiers und die Abschaffung des Erbrechts aussprach. Er antwortete mit einem Seufzer oder einem Schulterzucken auf eine Frage, ohne dass jemand beleidigt war. Und man gab ihm ganz selbstverständlich das größte Stück vom Kuchen (mit Äpfeln und schwarzen Johannisbeeren aus dem Garten, der Rand dick mit Buttercrème bestrichen und mit Zucker bestreut).

Virgiles Misanthropie war verflogen. Er stellte fest, dass die menschliche Art durchaus nützlich war: Sie wachte an seinem Bett und war ihm zu Diensten.

Als Virgile am Sonntagabend wieder zurück nach Paris kam, schlenderte er (zufrieden, müde, ein paar Kilos schwerer und mit einem feinen Salzfilm auf der Haut) durch sein Viertel. Die Lichter der Kioske in der Rue de Dunkerque, des einzigen verbliebenen Porno-Kinos, der Cafés und der Brasserien taten ihm gut. Der Abend neigte sich dem Ende zu, Paare gingen nach Hause oder stritten miteinander, die Taxis füllten sich und Straßenfeger reinigten die Gehwege.

Er fand Armelle im *Terminus Nord*. Sie trug dunkelblaue Jeans, eine weiße, anliegende und ausgeschnittene Bluse, einen dünnen, beigefarbenen Merino-Wollpullover mit rundem Ausschnitt und eine schwarze Wolljacke. Die Frauen und ihre Kleidung faszinierten Virgile. Sie weckten bei ihm Gedanken an Chamäleons, die sich ihrer Umwelt immer neu farblich anpassen und so mit ihr verschmelzen. Durch diese ständige Suche nach einem neuen Aussehen entzogen sie sich jedem Zugriff.

Ein Mann besitzt nur ein paar Kleidungsstücke, er braucht sich nicht zu tarnen: Er fühlt sich dem verbunden, was er hat. Der Mann tritt in seinen Kleidungsstücken in Erscheinung, die Welt aber tritt in denjenigen der Frauen in Erscheinung. Virgile bestellte ein Glas Almaviva, Armelle ein Glas Gevrey-Chambertin.

„Es ist absurd“, sagte Virgile, „aber ich war noch nie so glücklich.“

Armelle zog eine Karte aus ihrem Tarot-Spiel und legte sie verdeckt auf den Tisch. Es war ein schönes, mit Hieroglyphen verziertes Spiel. Sie drehte die Karte um: Ein Mönch mit einer Waage in der Hand war darauf zu sehen.

Die Tradition, so hatte Armelle ihm erklärt, betrachtete das Tarot-Spiel als eine Ableitung vom ägyptischen Totenbuch; es ging auf undenkliche Zeiten zurück. Virgile hatte ihr erwidert, dass die Beständigkeit gegenüber der Zeit in keiner Weise die Gültigkeit eines Gedanken bewiese und sich die Idiotien im Lauf der Jahrhunderte aufs Trefflichste entwickelt hätten. Armelle hatte seinen Angriff mit Zitaten von Platon (*Phaidros*) und Cicero (*De divinatione*) pariert, die beide an die Wahrsagung glaubten. Ihnen zufolge besaßen bestimmte Personen Zugang zu versteckten Wahrheiten und entschlüsselten die Welt, so wie es die Künstler taten. Das galt auch für Armelle. Einfühlsam und inspiriert, verfügte sie über bemerkenswerte Fähigkeiten der Observation und Deduktion. Wie in einem Wachtraum entzifferte sie die Seelen.

Jedes Mal, wenn Virgile sich in einer schwierigen Situation befand, war er versucht, ihre hellseherischen Fähigkeiten in Anspruch zu nehmen. Aber damit hätte er zugegeben, dass er dieser Scharlatanerei doch einen gewissen Glauben schenkte. Er hatte Angst, seine Freundin in Bedrängnis zu bringen, wenn ihre Vorhersagen nicht eintrafen, und sich selbst in Bedrängnis zu bringen, wenn sie eintrafen. Zudem hatte Armelle ihm erklärt, dass es unmöglich sei, das Hellsehen für einen nahestehenden Menschen durchzuführen, da Gefühle die Deutung durcheinanderbrächten.

Virgile glaubte zwar nicht an die Tarot-Karten, zögerte aber keineswegs, auf Armelles Klugheit zurückzugreifen. Er wollte wissen, was sie von der Situation hielt.

„Im Idealfall darf das Glück nicht von äußeren Umständen abhängen."

Der Kellner brachte den Wein und ein Schälchen mit gesalzenen Erdnüssen.

„Ich komme schon zurecht", sagte Virgile, während er von den Erdnüssen knabberte.

„Ich bin sicher, dass du etwas Besseres zuwege bringen kannst, als nur zurechtzukommen."

Sie legte einen Schlüsselbund auf den Tisch. Einen Augenblick lang betrachtete Virgile den kleinen Schlüssel für den Briefkasten, den Sicherheitsschlüssel und den dicken goldenen Schlüssel. Dann begriff er. Armelle hatte die Praxis gekauft, in der sie ihre irrationale Tätigkeit ausüben wollte. Dieses Vorhaben trug sie seit Jahren mit sich herum. Im Leben seiner Freundin war etwas Positives geschehen, und das erfüllte ihn mit Freude. Arm in Arm verließen sie das Café.

Die Praxis lag in der dritten Etage eines schönen klassizistischen Gebäudes mit Blick auf den Canal Saint-Martin. Virgile hatte nicht gedacht, dass Armelle so viel Geld hatte. Sechs Jahre lang hatte sie die (meist schwarz gezahlten) Honorare gespart, die sie dafür erhielt, sich nackt vor den Objektiven der Fotografen zu zeigen. Da war es nicht weiter erstaunlich, dass dies jetzt eine schöne Summe ergab.

Armelle hatte nicht nur eine Praxis gekauft: Eine angrenzende Wohnung zählte mit zu ihrer Errungenschaft. Sie umfasste ein Wohnzimmer, eine Küche, ein Bad, Toiletten und zwei Schlafzimmer. Von der Diele gelangte man in ein Vorzimmer, in dem ein Sofa und mehrere kleine Sessel standen (der Warteraum, erklärte Armelle). Durch ein Dachfenster fiel das Tageslicht herein. An den Wänden hingen Fotografien, Stiche und Zeichnungen, die einen Bezug zu den okkulten Wissenschaften hatten. Vom Wartezimmer führte eine Tür zur Praxis und eine andere zur Wohnung. Der Boden des Wohnzimmers bestand aus weiß gestrichenen Holzdielen. In dem Zimmer befanden sich ein großer Überseekoffer (auf dem Bücher und Kerzenhalter standen), ein Buffet und ein Kleiderständer mit spinnenartig dünnen Armen. Ein gusseisernes Bücherregal erstreckte sich an den Wänden; ein paar Bücher waren eingeräumt, aber die meisten der Regalbretter waren leer. Der Charme der Küche ging vor allem von den großen Kacheln aus, auf denen die Zeichen des Tierkreises zu sehen waren. Die beiden Schlafzimmer waren mit Korbmöbeln eingerichtet. Die Wandschränke und Schubladen bargen nur wenige Gegenstände, denn Armelle hatte ihr Hab und Gut aus einem spartanischen zehn Quadratmeter großen Zimmer nun in eine zehnmal größere Wohnung verfrachtet.

Die Praxis hingegen war prachtvoll eingerichtet: Die Wände waren mit karminrotem Stoff bespannt, und dem Fenster gegenüber hing ein venezianischer Spiegel. Ein Porträt von Orpheus zierte die Wand neben dem Bücherregal. Armelle empfing ihre Kunden an einem Tisch, über den eine Damastdecke gebreitet war. Darauf lagen Knöchelchen, ein in ein Seidenband geknoteter goldener Ring und eine Kristallkugel, die wie ein riesiges Auge aussah. Aus einer offenen Truhe unter dem Fenster sah ein buntes Allerlei von hilfreichen Gegenständen für die Wahrsagekunst hervor. Über einem Bügel an einer Wandleiste hing die Berufskleidung von Armelle, ein schwarz-malvenfarbenes Kleid und ein mit kleinen Glaspailletten bestickter Schal. Bücher über Schicksal, Zauberbücher und Lehrbücher zur Handlesekunst waren bereits in das Bücherregal eingeräumt; esoterische Bilder lehnten an der Wand.

Virgile ging hinunter, um beim Lebensmittelhändler in der zum Kanal führenden Rue des Récollets eine Flasche Champagner zu kaufen. Dieser erwies sich als ungenießbar, und so prosteten sie sich mit ihren leeren Gläsern zu. Virgile war stolz auf seine Freundin: Mit Geduld und Methode hatte sie sich ein Leben ausgedacht. Nachdem er sie an sich gedrückt und den Jasminduft ihres Haars eingesogen hatte, überließ er sie ihren Überlegungen hinsichtlich der letzten Details ihrer neuen Einrichtung.

Nachdenklich folgte er dem Canal Saint-Martin in nördlicher Richtung. Die Sonne ging unter und färbte den Kanal bei der Métrostation *Jaurès* glutrot. Virgile setzte sich ans Ufer. Die Umrisse seines Gesichtes auf der Wasseroberfläche verschwammen durch vereinzelte Regentropfen, die unvermittelt auf das Wasser fielen.

Sowie Virgile die Tür zu seiner Wohnung geöffnet hatte, bemerkte er das Fehlen des kleinen roten Lämpchens am Anrufbeantworter. Er drückte auf die Einschalttaste: Der Strom war abgestellt. Seit seinem Kündigungsschreiben war eine Woche vergangen. Er hatte nicht den Mut, der Stromgesellschaft seine plötzliche Genesung zu erklären. Schließlich fand er Kerzen unter dem Spülbecken. Die Flammen würden der Wohnung ein wenig Gothic-Flair verleihen.

Die Decke bebte. Die Nachbarin von oben empfing einen Kunden. Trotz einer großen Anzahl geopferter Streichhölzer gelang es Virgile nicht, die feuchten Kerzen anzuzünden. Als die Sprungfedern in der vierten Etage zu quietschen aufhörten, ging er zu der oberen Wohnung hinauf. Seine Nachbarin öffnete in einem weißen, auf der Brust mit einer roten Rose bestickten Morgenmantel die Tür; ihre Stirn glänzte vor Schweiß und in der Hand hielt sie eine Dose Cola Light. Sie hatte keine Kerzen, aber sie bestand darauf, ihm einen alten, mit einer Stirnlampe ausgestatteten Helm für Höhlenforscher zu leihen.

Als Virgile endlich auf seinem Sofa saß, setzte er den Helm auf, schloss den Riemen unter dem Kinn und knipste die Lampe an. Der Lichtschein erhellte das Bücherregal. Sobald er den Kopf bewegte, verschob sich auch der Lichtkegel. Er schaltete sein Handy aus. Eine ungeheure Erschöpfung übermannte ihn.

Seinen Freunden gegenüber spielte er den Unglücklichen, ohne unglücklich zu sein, und das ließ all seinen früheren Liebeskummer grotesk erscheinen. Jetzt, wo er sein übliches Verhalten nachahmte, wurde ihm klar, was für eine Karikatur er eigentlich abgab: einen ewig Unzufriedenen, der die immer gleichen Klagen wiederholte und sich niemals selbst in Frage stellte. Er war Clara irgendwie dankbar dafür, dass sie ihm diese Erkenntnis geschenkt hatte. Er hatte genug davon, die Rolle des Gescheiterten zu spielen, in der er so glänzte. Er war zwar nicht sonderlich begabt für das Glück, aber er wollte sich doch alle Mühe geben, sich weiter in diese Richtung zu entwickeln.

Ohne dass er damit gerechnet hatte, war die süße Wohltat des Trosts ganz allmählich einem Unbehagen gewichen. Er war nicht für die Lüge geschaffen. Und außerdem mochte er die Art und Weise nicht, in der seine Freunde von Clara sprachen. Sie kannten sie nicht. Aus Freundschaft zu ihm waren sie ihr gegenüber ungerecht. Virgile hatte eine großartige Woche verbracht, aber die Farce amüsierte ihn nicht mehr.

Er nahm eine Dose Sauerkraut aus dem Schrank über dem Spülbecken. Seit Ewigkeiten war er nicht mehr einkaufen gewesen. Es war der erste Abend seit Langem, an dem er allein zu Hause war und auch dort zu Abend aß. Er deckte den niedrigen Tisch vor dem Sofa. Er steckte die Gabel in die Dose Sauerkraut und setzte sich vor den Fernseher. Die Stirnlampe seines Helms beleuchtete die karge Mahlzeit und spiegelte sich in dem erloschenen Bildschirm wider. Klangliche Ausschweifungen des Liebesspiels in den angrenzenden Gefilden untermalten sein Essen. Das fermentierte Kraut und das minderwertige Fleisch vermischten sich in seinem Mund und erzeugten einen säurehaltigen und kalten Saft, aber er merkte es nicht einmal.

Virgile erhob sich und wandelte ziellos umher. Das Licht auf seiner Stirn erschloss Parzellen seiner Wohnung, gerade so, als erforsche er eine mit Wandmalereien versehene Felsenhöhle. Es stand außer Frage, den Abend bei einem Freund zu verbringen und unerträgliche Worte des Trostes zu hören. Er beschloss, noch einmal nach draußen zu gehen.

Als wollte er ein wenig Begleitung haben, stöpselte er den Anrufbeantworter aus und drückte ihn an seine Brust. Dann ging er die Straße hinunter und setzte sich an einen Tisch im *Terminus Nord*. Erschöpfte Gäste mit angespannten Gesichtszügen warteten auf ihre Züge. Als man ihm seinen Tee gebracht hatte, stöpselte Virgile den Anrufbeantworter in die Steckdose unter der Bank ein. Er drückte auf die Wiedergabetaste für die empfangenen Nachrichten.

Aus unerfindlichen Gründen berührte ihn die Stimme von Clara. Er musste sie einfach hören.

Der Anrufbeantworter blieb stumm. Virgile drückte erneut auf die Taste. Er presste seinen Finger auf das schwarze Plastik. Nichts geschah. Er begriff, dass es hoffnungslos war: Irgendein anonymer Ingenieur hatte beschlossen, dass die empfangenen Anrufe lediglich eine Woche gespeichert wurden. Sogar die Technik war an dem Komplott beteiligt. Clara verschwand noch ein wenig mehr. Der einzige Beweis ihrer Existenz war dahin. Virgile hätte gerne den Mut besessen, den Anrufbeantworter auf den Boden zu stellen, mit seinen Absätzen auf den Plastikkasten einzutreten und ihm den Garaus zu machen. Die Schrauben würden herausspringen, das schmale Tonband würde sich entrollen wie die Eingeweide eines toten Tieres.

Der Tee war abgekühlt. Clara fehlte ihm. Diese Frau, an die er sich nicht erinnerte, fehlte ihm. Für vierundzwanzig Stunden hatte er geglaubt, dass sie etwas miteinander gehabt hatten, er hatte sich ihre Liebe als wahr vorgestellt. Dann hatte er eine Woche lang so getan, als beweinte er ihre Trennung. Verblüfft stellte er fest, dass das Eingeständnis der Inexistenz dieser Beziehung seine Anhänglichkeit nicht auslöschte. Als hätte ihm das Vorspielen des gebrochenen Herzens tatsächlich das Herz zerrissen.

Wir verbringen unser Leben damit, uns an leicht zu erreichende Menschen zu klammern, an laute Menschen, die auf sich aufmerksam machen, während andere einfach nur da sind, im Abseits, im Schatten. Aber wir unternehmen keine Anstrengung, uns auf diese anderen zuzubewegen. Virgile hatte eine Frau getroffen, und er erinnerte sich nicht an sie. Niemand erinnerte sich an sie. Das brachte ihn zur Verzweiflung.

Clara besaß die Eigenschaften eines Phantoms: Virgile hatte keine Beweise für ihre Existenz, und doch verfolgte sie ihn in gewisser Weise. Mit zunehmendem Alter hielt Virgile die Phantome für einen Teil der Wirklichkeit, denn sie gaben der Welt einen Sinn. Der Versuch, das Universum und die menschlichen Beziehungen ohne Phantome zu verstehen, schien ihm ein Hirngespinst.

Virgile telefonierte mit ein paar Freunden, um in Erfahrung zu bringen, ob einer von ihnen an dem Abend bei Maud Fotos geschossen oder einen Film gedreht hatte. Nein, genau dieses eine Mal hatte sich keiner die Mühe gemacht.

Er ging in seiner kleinen Wohnung hin und her. Aufgewühlt lief er durch die Zimmer. Nur um sich zu beschäftigen, befestigte er seine englischen Halbstiefel auf ihren Schuhspannern und wachste sie.

Die Ärztin in der Röntgenpraxis hatte ihm die Aufnahmen der Computertomografie mitgegeben. Virgile zog die Bilder aus dem mit dem beängstigenden Symbol für Radioaktivität versehenen Umschlag hervor.

Sein Gehirn lag in acht Schnittflächen ausgebreitet vor ihm, als hätte ein Metzger es mit seinem Hackebeil in Scheiben geschnitten. Er befestigte die Bilder mit Klebstoff am Fenster. Die Wohnung verfinsterte sich, da der Schein der Straßenlaternen und des Mondes nun gedämpft wurde. Der Lichtkegel der Stirnlampe von Virgiles Helm strich über die Röntgenbilder. Irgendwo da drinnen war Clara. In diesen Nervenbahnen, diesen Schatten und diesen gallertartigen Massen versteckte sich die Erinnerung an eine junge Frau. Goldene Pailletten schwammen im Ozean der Neuronen und Synapsen. Virgile ging mit seinem Gesicht ganz nahe an die Bilder. Mit den Fingerspitzen fuhr er zärtlich über die Umrisse der grauen Materie.

Auch wenn er es sich nicht erklären konnte, verspürte Virgile eine gewisse Zuneigung zu Clara. Seine Intuition raunte ihm zu, dass er sich während ihrer kurzen Begegnung auf dem Fest bei Maud gut mit ihr verstanden hatte.

Seine Verwirrung äußerte sich auch physisch. Sein Körper ließ ihm keine Ruhe. Die Muskeln waren verspannt, die Bewegungen schmerzten. Er fühlte sich, als steuerte er seit zehn Tagen einsam und allein durch ein entfesseltes Meer. Er ging zu seinem Yoga-Kurs. Die Sporthalle an der Place de la République war anonym und kalt. So spät waren nicht mehr viele Leute da. Virgile mochte die Fabrikhallen-Atmosphäre. Er wollte an einem unpersönlichen Ort sein, wo er vor sich selbst zur Ruhe kommen und in blauer Sporthose und schwarzem Poloshirt umhergehen konnte, ohne Gefahr zu laufen, von irgendeinem netten Mitmenschen in ein Gespräch verwickelt zu werden.

In den meisten Fällen besitzen die menschlichen Wesen viel zu wirksame Abwehrmechanismen, um für die Liebe offen zu sein. Ein Teil in uns sehnt sich danach, sich in die Sanftheit einer romantischen Beziehung gleiten zu lassen, aber dieser Teil ist schwach und unterliegt dem Angriff der Antikörper. Anders als ein Virus gedeiht die echte Liebe nur in Bezug auf unbelebte Dinge: Je mehr etwas tot ist, desto größer stehen die Chancen, dass sich die Pläne unseres Herzens verwirklichen. Denkmäler, Kunstwerke, alte Städte sind für uns der einzige Quell, um die Freude dauerhafter Gefühle zu erfahren.

Virgiles Freunde lebten allesamt in Paarkonstellationen zusammen, manche heirateten, andere pflanzten sich fort. Die Zeiten, in denen man Erfahrungen sammelte, lagen hinter ihnen. Sie warteten – aus Freundschaft und Konformismus – darauf, dass Virgile sich in einer auf unbestimmte Zeit angelegten Beziehung einrichtete. Aber dieser war nicht davon überzeugt, dass er es ihnen gleichtun wollte.

Sich zu verlieben zieht schwerwiegendste Konsequenzen nach sich. Man schmiedet Zukunftspläne, man zieht zusammen; dann werden irgendwann Kinder geboren. Angesichts der Mieten in Paris besteht für das Paar nun die große Gefahr, sich in die Banlieue zu verabschieden.

Mit der Liebe zu einer Frau lief Virgile Gefahr, seine große Liebe, Paris, zu verlieren. Seine Anhänglichkeit ließ sich leicht erklären. Wenn man die kulturelle, menschliche und ästhetische Wüste der Kleinstädte in der Banlieue oder in der Provinz kennengelernt hat, so ist Paris eine wahre Oase. Man darf nicht in Paris aufgewachsen sein, um in diese Stadt verliebt zu sein, wie man arm gewesen sein muss, um den Wert des Geldes zu schätzen. Virgile hatte seine ganze Jugend über Durst verspürt, er empfand das lebenswichtige Bedürfnis, in der Nähe eines Brunnens zu leben.

Sicher, Paris war teuer, stressig, es verlor an Popularität, der Verkehr in der Stadt war mühsam und die Luft verschmutzt. Aber Paris war und blieb die Stadt auf der Welt mit den meisten Kinos und Apotheken. Und außerdem liebte Virgile die nicht abreißenden Kundgebungen der Studenten, Arbeitslosen, Angestellten, Rentner und der Migranten ohne Aufenthaltsgenehmigung. Seiner Meinung nach gab es keine bessere Art und Weise, die Hauptstadt zu entdecken, als sich unter eine fröhliche und kampfeslustige Menge zu mischen. Die bunten und chaotischen Aufmärsche machten ihn stolz auf seine Stadt. Er schätzte sie als unverhofft sprießende Gewächse auf dem Asphalt, die die Autos zum Stillstand brachten, das normale Leben ganzer Viertel für eine bestimmte Zeit außer Kraft setzten und die Polizisten aus ihren Transportern hervorlockten. Eine Stadt der Querulanten und Aufbegehrenden, eine Brutstätte großer Aufstände – Paris war nie so wirklich und so schön wie dann, wenn es sich widersetzte.

Vor sieben Jahren hatte er nach der Unterzeichnung seines Anstellungsvertrags bei Svengali sein kleines Dachzimmer auf dem Boulevard de Strasbourg gekündigt. Seine Eltern waren aus Bourges gekommen, wo der Zirkus einige Zeit stand, um ihm bei der Suche nach einer Bleibe zu helfen, in der er sein Leben als unabhängiger Erwachsener beginnen würde. Virgile hatte sie hinsichtlich seines Gehaltes (es war so lächerlich hoch, dass er sich schämte) belogen. Daher hatten sie sich kleine, ungesunde Wohnungen in schicken Vierteln, winzige und gesunde Wohnungen in heruntergekommenen Vierteln und schließlich einige Wohnungen angesehen, für die sie Schlange stehen und absurde Bewerbungsbögen ausfüllen mussten.

Nach einigen Misserfolgen hatten sie die Wohnung in der Rue de Dunkerque aufgetan. Der Immobilienmakler hatte vermutlich Schwierigkeiten, sie loszuwerden, denn er zuckte nicht zusammen, als Virgiles Eltern ihren Beruf offenbarten und damit anfingen, ihm ein paar ihrer Kunststücke darzubieten. Von der Suche erschöpft, hatte Virgile den Mietvertrag unterzeichnet. Außerdem wirkte die Nähe eines großen Bahnhofs beruhigend auf eine klaustrophobische Persönlichkeit wie ihn. Das Viertel gefiel ihm wegen seiner Heterogenität. In diesem nördlichen Teil des zehnten Arrondissements lebte und arbeitete eine Vielzahl von Ausländern (Inder, Araber, Chinesen und Afrikaner) harmonisch miteinander. Dank dieser fremden Sprachen, Sitten und Gebräuche, dieser Farben, Düfte und Speisen erlebte man die Tektonik der Kontinente gewissermaßen unmittelbar mit. Virgile fand, dass die Welt hier mehr als anderswo in Bewegung war, die Kontinentalplatten stießen zusammen, rieben sich und schoben sich übereinander. Unaufhörlich vollzogen sich Veränderungen der Landschaft; Hügel, Schluchten, Berge und Ozeane tauchten in den Köpfen auf. Bei allem Fremdartigen bündelte das Viertel zwei paradoxe Elemente: Es gab eine unglaubliche Anzahl an Hochzeitsboutiquen und beinahe genauso viele Geschäfte für Pornofilme. Die Pornografie und der Hang zur Romantik fassten auf perfekte

Weise die Bestrebungen der Menschheit zusammen. Virgile liebte die geografischen und phantasmatischen Leerstellen seiner Umgebung.

Doch seit er hierhergezogen war, hatte er verfolgt, wie sich eine Wandlung vollzog. Die Immobilienhändler und die Behörden hatten das urbane Gefüge des Viertels methodisch zerstört, indem sie Ausbesserungen und Renovierungen vornahmen oder Neubauten errichteten. Die Mieten kletterten in die Höhe; die Armen zogen fort in die Banlieue oder lebten in immer kleineren Wohnungen. Anliegervereine forderten eine stärkere Polizeipräsenz und brachten Petitionen gegen die Prostituierten und die Clochards auf den Weg.

Virgile redete weder mit seinen Nachbarn noch mit den Händlern in seiner Straße; er hatte keinerlei Sinn für das Leben im Viertel und für Volksfeste. Die übrigen zwei Millionen Einwohner kannten ihn nicht, und dennoch gehörte ihm die ganze Stadt; er beschränkte sich darauf, die anderen zu ertragen. Die Hausbesitzer, Bauherren, Rechtsanwälte, Immobilienmakler und Türsteher konnten ihm nichts anhaben: Virgile war nicht zu enteignen, nicht zu vertreiben. Er spazierte als Herr des Ortes umher und trug die Schlüssel der Stadt in seiner Tasche. Er war auf den Bänken in den Avenuen, in den Parks, auf den Brücken und in den alten Gebäuden, auf dem Square Léon und an der Spitze der Île Saint-Louis zu Hause.

Und auf den Rand des Saint-Michel-Brunnens legte er seine Hand mit dem Gefühl, er gehöre ihm.

Seine Freunde lebten im zehnten, achtzehnten, neunzehnten und zwanzigsten Arrondissement. Das war das Paris ihres täglichen Lebens, hier lagen ihre Cafés, Kinos und Restaurants. Sie wiegten sich noch in der Illusion, dass das Geld nicht alles erobert hatte, während sie doch selbst mit der Vermietung und dem Verkauf ihrer kleinen Wohnungen dazu beitrugen, den Quadratmeterpreis in die Höhe zu treiben. Sie zählten zu der Klasse mittelloser Intellektueller, die noch von ihren Eltern unterstützt wurde. Wenn sie nicht erwerbslos waren, arbeiteten sie in Theatern, Museen oder waren an der Produktion von Dokumentarfilmen oder Kunstbänden beteiligt. Für nichts in der Welt hätten sie sich in den bürgerlichen Vierteln von Paris miteinander verabredet.

Als Virgile mit knapp achtzehn Jahren an der Gare de Montparnasse ankam, hatte er beschlossen, dass Paris das Objekt seiner Liebe sein würde, weil man schließlich seine Liebe irgendwo lassen musste. Paris würde ihn nicht verlassen. Paris war da, wenn er es brauchte. Paris verlangte keine Ferien auf einer paradiesischen Insel, an vor Sonnencreme triefenden Stränden. Paris machte es nichts aus, wenn er eine Woche lang nicht das Geschirr spülte, sich nicht rasierte und sich schlecht kleidete. Paris liebte ihn.

Der Alltag nahm wieder seinen Lauf. Dieser Montag versprach genauso überflüssig und belanglos zu werden wie üblich. Mehr als eine Woche war seit Claras Nachricht vergangen.

Virgile begann seinen Tag gewöhnlich mit einem grünen Tee, dann folgten die Tassen mit dem Zichorienkaffee. Das Getränk hatte eine satte schwarze Farbe, und er hatte sich an seinen Geschmack gewöhnt.

Die elektrischen Platten funktionierten immer noch nicht. Virgile öffnete den Kühlschrank. Er hielt die Luft an, um den pestilenzartigen Gestank der verdorbenen Eier und der schimmeligen Tomaten nicht einzuatmen. Die Joghurtvorräte wandelten sich zu Käse, die Plastikbecher waren durch die Entwicklung der Bakterien prall wie kleine Heißluftballons geworden. Er konnte nicht noch länger im Halbdunkel leben und nur Kaltes trinken. Er rief bei der Stromgesellschaft an und bat darum, den Strom wieder anzuschließen. Die Kundenberaterin erklärte ihm, dass das nicht so einfach sei: Wegen seines Dahinscheidens sei seine Akte geschlossen, versiegelt und in die Archivstelle auf Guadeloupe geschickt worden. Virgile musste ein ärztliches Attest beibringen und die Exhumierung seiner Abschlussrechnung durch eine zu diesem Zweck gebildete Kommission abwarten. Das würde zwei Wochen in Anspruch nehmen. Bis dahin blieb ihm nichts anderes übrig, als in seinem Sportverein oder bei Armelle zu duschen.

Wenigstens war es nicht kalt, wie er beim Anziehen seiner Hose feststellte. Bis man wieder heizen musste, würde noch einige Zeit vergehen. Dank der Tonnen Kohlendioxid, die die automobilen Ungeheuer in die Atmosphäre jagten, ließ der Herbst sich mit dem Kühlerwerden Zeit.

Die schlechte Laune und die Verwirrung trieben Virgile zu düsteren Überlegungen. Er erinnerte sich an manche Winter seiner Kindheit, in denen es keine Heizung und kein warmes Wasser gegeben hatte. Er hatte sich geschworen, so etwas nicht mehr zu erleben.

Um den Strom pessimistischer Gedanken zu bändigen, nahm er Zuflucht zu seinen Yoga-Übungen. Er beugte die Beine, machte eine Kerze und verlangsamte die Atmung. Nach einer halben Stunde ließ seine Anspannung nach.

Er ging hinaus, um bei McDonald's zu frühstücken. So wie die Dinge lagen, hatte er nichts Besseres als einen sauren Orangensaft und ein fettiges süßes Teilchen verdient. Sein Tischnachbar, ein kleiner Mann mit einer von Motten zerfressenen Golfkappe, einem Zwei-Wochen-Bart und einem schmutzigen Hemd, aß Pommes und trank ein Mineralwasser; scheinbar schützend ruhte seine Hand auf einem Schokoladenkuchen. Virgile hätte es zwar niemandem gestanden, aber er liebte es, zu McDonald's zu gehen. Es war weder ein angenehmer noch ein schöner Ort, aber er fühlte sich dort zu Hause. Würde Hemingway heute in Paris absteigen, so hätte er nicht mehr die Mittel, die Cafés aufzusuchen, in denen er in den Zwanzigerjahren verkehrte. Die einzige Zufluchtsstätte, an der er sich einrichten könnte, um Kaffee zu trinken und zu arbeiten, wäre McDonald's. Nirgendwo sonst kann man sich stundenlang für eine bescheidene Geldsumme ins Warme flüchten. Die Armen, die Studenten und die Vorstädter wussten das genau; man sah seine E-Mails durch, man wiederholte den Stoff für Prüfungen oder den Unterricht, man schrieb; Clochards lasen die täglichen Gratiszeitungen und taten so, als tränken sie etwas, dabei hatten sie die Becher von einem Tablett zurückgeholt. Die Vorstellung von einer Gaststätte für einfache Leute hatte der Karikatur eines kapitalistischen Unternehmens Platz gemacht. Das Fast-Food-Restaurent blieb als einziger warmherziger, lebendiger und volksnaher Ort noch übrig. Das war bedrückend.

Als Virgile die Büroräume von Svengali betrat, teilte ihm das Faktotum am Empfang mit, dass Simone ihn sprechen wollte. Virgile hatte gerade mehrere Kilos verschiedener Joghurt-Varianten erstanden (mit

Früchten, mit Fruchtaroma, mit Bifidus-Bakterien, aus Vollmilch, ohne Fett, aus Soja, mit Rohrzucker, mit Schokolade). Die Inspiration musste schließlich genährt werden. Seine bisherigen Einfälle waren spärlich und würden noch keine Käuferscharen mobilisieren. Er hatte einen kleinen Text verfasst, den er gerne auf Plakattafeln in der Métro oder noch lieber von einem lächelnden Schauspieler für ein Fernsehpublikum rezitiert gesehen hätte: „Das Joghurt symbolisiert die lächerliche menschliche Existenz: Es ist weiß, fade und voller Bakterien, aber es zählt zu den seltenen Dingen, die man begehrt und die man am Ende auch haben kann."

Nachdem Virgile an die leicht geöffnete Tür geklopft hatte, betrat er das Büro von Simone.

„Sie bestehen darauf", empfing sie ihn.

Mit den von ihr angesprochenen „sie" meinte sie die Geschäftsführer der Agentur. Virgile begegnete ihnen manchmal im Aufzug. Es war ein schönes, etwa sechzigjähriges Paar. Er hatte bemerkt, dass die Frau stets Tweedkombinationen in sehr lebhaften Farben trug; die aufgesetzten Taschen hatten die Form von geöffneten Fächern, und ein einziger goldener Knopf schloss die Jacke.

Virgile stellte seine Joghurtbecher auf den Schreibtisch. Simone trug eine Tunika, einen mit einem roten Band und einem geflochtenen Kolibri geschmückten

Strohhut und dazu Schläppchen aus schwarzem Satin, die mit metallisch glänzenden Perlen bestickt waren. Sie ordnete exotische Früchte auf einer Kupferplatte an. Virgile mochte sie. Er mochte ihr Gesicht und ihre Mimik, mit der sie Ernsthaftigkeit, Verlässlichkeit und Vertrauen ausdrückte. Simone ereiferte sich über die nukleare Aufrüstung und das Abholzen der Wälder und verteidigte einen unregulierten Kapitalismus mit menschlichem Antlitz. Sie ließ ihn an eine von der Malaria heimgesuchte Frau denken, die zugleich in einer Vereinigung für das Recht auf das Leben von Mücken kämpfte. In der Agentur ähnelten die politischen Streitgespräche einer freundlichen Komödie, in der die Gegner einander die Stirn boten, ohne jemals tatsächlich aufeinander loszugehen. Dieses schickliche Schauspiel entsprach durchaus der ruhigen Natur Virgiles. Seine Kollegen wären unter Stalin ebenso zufrieden gewesen wie unter Reagan; wie alle Patrizier hätten sie sich jedem beliebigen Regime angepasst. Das beeindruckte Virgile, denn seine Eltern und ihre Freunde waren das genaue Gegenteil dieser Leute. Er liebte sie dafür, für ihre Unbeugsamkeit und ihren Charakter, aber er bedauerte die Einsamkeit und das Leid, die damit verbunden waren.

Seine Hand berührte die exotischen Früchte. Er strich sanft über die Litschis, die Kakipflaume, die Mango, die Guave, den Granatapfel. Nach kurzer

Überlegung griff er nach einer Passionsfrucht und ließ sie von einer Hand in die andere gleiten.

„Wenn ihr mir diese Beförderung verpasst, kündige ich."

Er war selbst von seiner Entschlossenheit überrascht. Es bekümmerte ihn, sich der reizenden Simone zu widersetzen, aber er verspürte ein noch nie dagewesenes und heftiges Entzücken, sich zu behaupten und zu entdecken, dass er nicht gezwungen war, den Plänen zuzustimmen, die man für ihn ersonnen hatte. Schauer liefen ihm über den Rücken wie einem jungen Straftäter bei seinem ersten Diebstahl.

„Virgile, sei vernünftig", sagte Simone mit aller Sanftheit dieser Welt.

„Ich sehe nicht ein, warum ich vernünftig sein sollte. Nichts in meinem Arbeitsvertrag zwingt mich dazu."

Er strebte nach Ruhe und Routine. Die geringste Veränderung drohte das zerbrechliche Gebäude seiner Existenz zum Einsturz zu bringen. Er zog in Erwägung, die Gewerkschaften zu kontaktieren, um sich schützen zu lassen. Warum musste er sich weiterentwickeln? Er würde sich nicht durch ihre Vorstellungen von Ehrgeiz korrumpieren lassen. Er arbeitete, weil dies ein Mittel zum Überleben war, nicht um erfolgreich zu sein. Er hätte Simone erklären wollen, dass er nicht zuletzt deshalb bei einer Werbeagentur angefangen hatte, weil es seine Gewohnheit war, sich der Sprache zu bedienen, damit nicht sein Gegenüber ihn selbst ins Visier nahm. Seit seiner Schulzeit erzählte er Geschichten und brachte seine Kameraden zum Lachen, damit sie ihn in Ruhe ließen. Aber Simone hätte das nicht verstanden.

„Du leistest eine ausgezeichnete Arbeit", sagte sie und legte ihm die Hand auf den Arm.

„Das mache ich nicht extra", erwiderte Virgile und verließ das Büro. „Das ist eher ein Kollateralschaden."

Er sagte die Wahrheit. In den Büroräumen von Svengali fühlte er sich wie im Kindergarten. Er spielte mit den Worten und Einfällen, um Werbeslogans zu basteln; er erzählte Geschichten, in denen Deodorants und Autos die Hauptpersonen waren.

Es kam vor, dass er zum Museum für Werbung schlenderte, das ganz in der Nähe der Agentur, in der Rue de Rivoli, lag. Die schwarz bemalten, bodentiefen Scheiben gestatteten keinerlei Einblick, so dass man nichts von der Vielzahl der in den Vitrinen aufbewahrten Gegenstände und Plakate erahnen konnte. Auf zwei Etagen wurde eine Art Archäologie der Werbemaßnahmen präsentiert. Das war ein gutes Mittel, um sich daran zu erinnern, dass es um die Lebensdauer von Werbespots nicht besser bestellt war als um diejenige von Blumen. Diese Vergänglichkeit gefiel Virgile. Die Nichtigkeit der Produkte verhinderte, dass man sich zu wichtig nahm. Es war einfach viel Lärm (Geld, Arbeitsaufwand und Gerede) um nichts. Es hatte etwas Bewegendes, diese Feuerwerke zu erschaffen.

Im Lauf der Jahre war Virgile an den Punkt gekommen, die Werbung gleichmütig zu betrachten, gewissermaßen wie ein Studienobjekt. Sein Verständnis von Werbung und seine Beobachtungen hatten ihn dazu gebracht, sie in die Nähe der Kategorie „ephemere Architektur" zu rücken. Drei Beispiele für diese Rubrik schienen seiner Meinung nach der von ihm ausgeübten beruflichen Tätigkeit zu entsprechen.

1. Der *Crystal Palace* von Joseph Paxton: eine gewaltige, vorgefertigte, etwa fünfhundert Meter lange Struktur aus Glas und Eisen, die 1851 im Hyde Park erbaut wurde.

2. Die bemalten Holzschilder, die man in der Renaissance bei fürstlichen Hochzeitsumzügen oder religiösen Prozessionen an den (hässlichen oder allzu gewöhnlichen) Hausfassaden befestigte.

3. Katafalke und andere Aufbahrungsformen – Kunstwerke, die bei der Einäscherung des Verstorbenen in den Flammen verschwanden und denen man in den meisten Kulturen begegnete.

Die Werbung vereinigte diese drei Dinge: eine arrogante Darbietung von Reichtum und technischem Können, eine offensichtliche Täuschung und einen zerstörerischen und todbringenden Scheiterhaufen.

Virgile liebte diese Polysemie. In etwas offenbar sehr Trivialem hatte er einen Ausgangspunkt für seine Gedankenspiele und Träume gefunden. Das trug dazu bei, sein Dasein erträglich zu gestalten. Über Jahre hinweg war seine Arbeit ein gutes Mittel gewesen, um Wissen zu erwerben. Unter dem Vorwand, wiederverwertbare Einfälle zu suchen und die Inspiration anzuregen, um die Werbetrommel für Waschmittel, Rasierer und Windelhöschen zu rühren, hatte er Romane, Kunstbücher, Filme, Schallplatten, Konzerte, Theaterveranstaltungen und Kinobesuche auf Geschäftskosten gebucht.

Im Kreativ-Raum packte Virgile die Joghurtsorten aus und stapelte sie auf den Tisch, als wollte er die Djoser-Pyramide nachbauen. Das Original war vor fünftausend Jahren von Imhotep errichtet worden. Virgile ging um sein Konstrukt herum und betrachtete es aus verschiedenen Winkeln. Die Stufen sollten dem König den Weg zum Himmel öffnen. Virgile stellte einen Joghurtbecher auf die Spitze der Pyramide.

Der Tag in der Agentur war fürchterlich. Die Stunden dehnten sich endlos. Als wäre er durch Claras Verschwinden angesteckt worden, spürte Virgile, wie sich die Molkülverbindungen in ihm aufzulösen schienen. Im gedämpften Licht hinter den bunten Scheiben der Fenster, im Schatten der Joghurtbecher-Pyramide zeichnete er mit Kreide irre dreinschauende Kühe auf die schwarze Tafel, ihre gewaltigen Hörner stießen gen Himmel, ihre Euter hingen hinunter bis zum Boden. Zu den Klängen eines Albums von Keny Arkana blätterte er in Zeitschriften, verfasste Haikus und warf Papierknäuel so zielsicher in den Korb wie es – so träumte er vor sich hin – ein Basketballspieler bei der amerikanischen Meisterschaft getan hätte. Gewöhnlich reichte es, wenn er so tat, als arbeite er, um wirklich in die Arbeit hineinzufinden. Aber seinem orangefarbenen Bic mit der schwarzen Mine wollte nichts Brauchbares entspringen. Er aß einige der Joghurt-Variationen in der Hoffnung, seine Inspiration wachzurütteln. Aber das Einzige, was sich bei ihm einstellte, war eine gründliche Übelkeit.

Die Werbung war keine Kunst, manchmal jedoch, wenn die Auftraggeber eine gewisse Offenheit besaßen, war es möglich, kleine, nette und nicht allzu dumme Dinge auf den Weg zu bringen. Seit Claras Nachricht jedoch oder seit seiner drohenden Beförderung (er wusste nicht, welches Ereignis seine Verfassung so verändert hatte), konnte Virgile diesen bedeutungslosen Kreationen nichts mehr abgewinnen.

Seine Kollegen hingegen waren am Werk, ohne auch nur eine Minute zu verlieren. Streitgespräche, das zischende Geräusch beim Öffnen von Wasserflaschen und Ausrufe hier und da fanden zu einer Musik zusammen, die starke Ähnlichkeit mit einem Arbeitsgesang aufwies. Hätten seine Kollegen eines der unter den Schachteln von Makronen, Mandelplätzchen und Brownies liegenden Wörterbücher konsultiert, so hätten sie herausgefunden, dass ‚konsumieren' etymologisch gesehen ‚zerstören' bedeutet: eine Sache durch Aufbrauchen ihrer Substanz der Zerstörung zuführen. Virgile fragte sich, ob er mit der Wahl dieses Berufes nicht vielleicht eine nihilistische Tat vollbracht hatte, gerade so wie eine schüchterne Version des russischen Revolutionärs Netchaiev. Nahm er so nicht wirksamer teil an der allgemeinen Vernichtung, als wenn er Bomben gelegt hätte? Die Einfälle, die er hatte, zogen Folgen nach sich. Der Konsum wuchs, die Fabriken arbeiteten auf Hochtouren, das heißt, man produzierte Abfälle in Form von Verpackungsmaterial, Plastik und toxischen Produkten. Jubelnd wurde die Welt vergiftet, das Packeis schmolz, Atolle verschwanden, die Katastrophen häuften sich, das seltene Vorkommen und der Preis des Öls ebenso wie der Kampf um die zur Neige gehenden, verschwendeten Rohstoffe stellten das politische Gleichgewicht auf den Kopf. Insofern wandte Virgile eines der Gebote des Autors von *Katechismus des Revolutionärs* an: das Chaos fördern, um die Gesellschaft zu erschüttern. Die Zerstörung ist notwendig für das Heraufziehen einer neuen Welt.

Ihm blieb die Luft weg. Das Fenster ließ sich nicht öffnen. Vergeblich suchte er die Dose mit den Beruhigungsmitteln in seiner Jackentasche. Er fühlte sich in Gefahr, von allen Seiten umzingelt. Sein Kopf wurde von einem wahren Kaleidoskop von Bildern bestürmt: Gräber, Friedhöfe, von Flugzeugen abgeworfene Bomben, Truppen der spanischen Falange, Schüsse, Gefangenenlager, Stacheldrahtzaun, Guernica, in Tränen aufgelöste Familien, Gespenster. Er verließ den Kreativ-Raum, schleppte sich an der Wand des Flurs entlang und nahm die Dienstbotentreppe. Das Verbotsschild, das über der zum Dach führenden Treppe hing, ließ er achtlos hinter sich. Der Hausmeister hatte ihm einen Nachschlüssel gegeben, damit er dessen mit Thymian, Minze und Schnittlauch bepflanzte Kästen goss, wenn dieser in Ferien war.

Als die Eisentür sich öffnete, zeigte sich unvermittelt der Himmel und der Druck auf Virgiles Brust ließ nach. Hier oben atmete es sich leichter; zudem war es weniger laut und niemand, gar niemand sah ihn an.

Tief Luft holend ging Virgile ein paar Schritte hin und her, um seine Ruhe wiederzufinden. Er bückte sich und befühlte die feuchte Erde in den breiten rechteckigen Kästen. Er knipste ein Minzblatt ab und zerriss es. Duftender Pflanzensaft trat hervor und rann über seinen Daumen. Er führte das Blatt zum Mund und kaute es. Bilder von frischem Minztee, von Armelle, von Tarot-Karten und von seinen Eltern traten ihm vor das innere Auge.

Er stützte sich auf das Dachgeländer, um Paris zu betrachten. Wie einem alten Vampirfilm entstiegen, lag ein Dunstschleier über der Stadt. Am Horizont näherten sich schwarze Wolken. Er hatte sie nie als bedrohlich empfunden, diese Wolken. Er liebte die Dunkelheit, den Regen und die Blitze, die sie bisweilen mit sich brachten.

Windstöße fuhren auf das Dach nieder, tote Blätter, Papierfetzen und kleine Schuttpartikel gerieten in Bewegung, Virgiles Haare wurden zerzaust. Er schob einen Kasten mit Thymian beiseite, um an die Zigarrenschachtel des Hausmeisters zu gelangen, die in ein feuchtes, schmutziges, zerrissenes Badehandtuch gewickelt war. Er zündete eine kleine, bereits zu Dreivierteln aufgerauchte Zigarre an, eine *Panatella* von Partagas (einer Zigarrenfabrik auf Havanna).

Das Dach war zu einem Hubschrauberlandeplatz ausgebaut worden, aber die Vorschriften für das Überfliegen der Hauptstadt hatten eine Inbetriebnahme vereitelt. Eine feine Moosschicht bedeckte die weiße Farbe, die die Landepiste markierte; außen herum waren überall rote Feuerlöscher verteilt; ein Kasten enthielt ein Erste-Hilfe-Set, ein Handbuch für Mechanik und Flugsteuerung sowie Werkzeug, um gegebenenfalls eingeklemmte Passagiere bei einem Unfall befreien zu können. Die Vorstellung, ein Hubschrauber könne hier aufsetzen, gefiel Virgile. Er stellte sich vor, wie er hineinkletterte. Das Schwierige wäre nicht das Abheben, sondern das Finden eines Landeplatzes, an dem er ungestört wäre.

Das Nikotin verschaffte ihm ein kleines Rauschgefühl. Er setzte sich auf den Boden und lehnte sich ans Geländer. Der rot glühende Zigarrenstummel zwischen seinen Fingern erinnerte ihn an einen mit brodelnder Lava gefüllten Vulkankrater unmittelbar vor der Explosion; er nahm einen Zug, der dichte, weiße Rauch entwich seinem Mund und verging in der Luft.

Wie von einem Rad angetrieben, zogen Gedanken an ihm vorüber. Dabei wurde ihm etwas sehr Unangenehmes bewusst: Abgesehen von Armelle langweilten ihn seine Freunde. Bei einem Abendessen, einer Feier oder nach einem Kinobesuch überkam ihn oft die Lust zu sagen: „Diese Unterhaltung hatten wir schon einmal, erinnert ihr euch nicht mehr daran?"

Es ist einfach unabwendbar: In einer Gruppe findet sich irgendwann jeder in einer bestimmten Rolle wieder. Virgile war der sarkastische und einfallsreiche, unstete Junge. Seine Freunde hatten sich an seine chronische Depression und an das jedes Jahr wiederkehrende Schauspiel seiner tragikomischen Liebesgeschichten gewöhnt. Er hatte diese Rolle gespielt, um akzeptiert und geliebt, um umringt und verstanden zu werden und um an der beruhigenden Fortdauer der immer gleichen Dinge teilzuhaben. Auch seine Freunde hatten die ihnen zukommende Rolle im Stück übernommen, ohne ihren Text oder ihre Figur zu hinterfragen. Warum waren sie nicht ein bisschen weniger präsent, verflixt noch mal? Sahen sie denn nicht, dass das beste Mittel zu existieren darin bestand, ein Phantom zu werden? Virgile wollte am liebsten auf dem Dach bleiben und sich in einer dieser Wolken auflösen, die vom Horizont heranzogen. Vielleicht würde er Clara wiederfinden, wenn er verschwand.

In diesem Augenblick war er ihr böse. Er stellte dies erstaunt fest, so als hätte er einen riesigen, in seiner Hand steckenden Dorn entdeckt, den er bisher nicht bemerkt hatte. Eine große Wut stieg in ihm auf. Dieses Gefühl war ihm eigentlich fremd. Aber es war so – selbst wenn er unbeholfen dabei war, selbst wenn er nicht wusste, wie er es ausdrücken sollte: Er war wütend. Warum hatte sie das getan? Mit welchem Recht hatte sie sein Leben durcheinandergebracht? Was war eigentlich in sie gefahren?

Die Zigarre war beinahe zu Ende. Die Glut wärmte Virgiles Finger. Sein Mund war voller Rückstände und beißender, strenger Geschmackspartikel, als hätte er warmen Mutterboden gegessen. Er legte den dicken braunen Zigarrenstummel beiseite und ließ ihn für sich verglimmen. Ein wenig Rauch stieg noch vom gerollten Umblatt der Zigarre auf.

Kopfschmerzen vorgebend, verließ Virgile die Agentur. Er trank einen großen entkoffeinierten Kaffee im *À Jean Nicot.* Das Café-Restaurant erinnerte ihn an die Etablissements, in denen er als Kind mit seinen Eltern verkehrte. Virgile saß da und dachte an gar nichts mehr. Der Inhaber sprach ihn an. Er verstand nichts und schüttelte den Kopf. Sein Kopf und seine Zunge waren wie gelähmt. Da nur seine Beine noch ihren Dienst taten, ging er hinaus und lief umher.

Er mochte dieses Viertel nicht, seine unnützen Läden, die vielen, lärmenden Autos und die Passanten. Genau, dieses Paris verabscheute er, dieses Paris war nicht mehr Paris, sondern nur noch ein gigantisches Einkaufszentrum. Die Buchhandlung Delamain war eine Zufluchtsstätte. Er ging hinein und schlenderte durch die Gänge. Die Decke war hoch, die Atmosphäre gediegen und das Licht gedämpft. Man fand dort viele alte Bücher. Er fuhr mit seiner Hand zärtlich über die Reihen der Romane. Sein Zeigefinger verweilte auf einer Ausgabe von *Der Roman der Mu-*

mie von Théophile Gautier. Seine Situation ähnelte derjenigen des Archäologen, der sich in die in ihrem Grab entdeckte Königin Taousert verliebt: eine unmögliche Liebe zu einer entschwundenen Frau. Virgile wollte den Roman erst kaufen, aber er stellte das Buch zurück, als er dem Blick eines Verkäufers begegnete. Eine alte Furcht packte ihn. Er hatte die kuriose Angst, dass der Mann an der Kasse sein Geld zurückweisen könnte, denn er war dieser Buchhandlung nicht würdig, nicht würdig, Geld zu haben und es nach seinem Gutdünken auszugeben. Gerade so, als wäre er immer noch das Kind in einem Geschäft in einer unbekannten Stadt, umklammerte er die wertvollen Münzen in seiner Tasche.

Er verließ die Buchhandlung und stieg in den Bus Richtung Gare du Nord.

Nachdem er aus dem Bus gestiegen war, schlug Virgile nicht den Weg zu seiner Wohnung ein. Er ging in den Bahnhof hinein. Die gewaltige Halle und das Glasdach beeindruckten ihn. Eine Stimme kündigte die Abfahrt des Zuges nach Brüssel an. Ein Mann rannte auf einen Bahnsteig. Virgile war versucht, ihm zu folgen, neben ihm herzurennen und beim Ertönen des Klangsignals einzusteigen. Die Stadt verlassen und anderswo sein Leben neu beginnen.

Seine Gefühle für Paris kamen ihm gar nicht mehr

so tief vor. Er gestand sich etwas, das noch vor ein paar Tagen unvorstellbar gewesen wäre: Der Zufall seiner Geburt hatte ihn in die Nähe einer großen, mythischen Stadt geführt, aber es waren andere Städte möglich – Berlin, Lissabon, São Paulo oder eine Hauptstadt im Osten Europas. Er träumte auch vom Land, einem Ort, an dem das Zwitschern der Vögel und das Surren der Fahrradreifen nicht durch den Lärm der Autos erstickt würden. Paris erschien ihm wie ein lächerliches Luxus-Accessoire, dessen Name gut klang und sich leicht aussprechen ließ.

Die Türen des Zugs schlossen sich. Die Waggons setzten sich in Bewegung. Als der Zug langsam in Fahrt kam und immer schneller wurde, begriff Virgile, dass er nicht mehr träumte. Die Herbstsonne drang durch die Glasfassade des Bahnhofs. Die Kaffeemaschinen der Imbissstände waren ununterbrochen im Einsatz; ein feiner Arabica-Staub lag in der Luft. Virgile kaufte sich einen entkoffeinierten Kaffee und setzte sich auf eine Bank an einem Bahnsteig.

Da man nicht glücklich werden kann, aber auch nicht darauf verzichten kann, es werden zu wollen, hatte er einst mit dem Ziel, das Leiden zu vermeiden, die Entscheidung getroffen, nicht auffallen zu wollen, sich nicht zu bewegen. Diese Zeit war nun vorüber. Er würde etwas in seinem Leben ändern, er wusste noch nicht was, aber er würde handeln.

Eine halbe Stunde später, während er von seiner Bank aus noch immer den abfahrenden Zügen zusah, klingelte sein Telefon. Armelle hatte nur noch einen Kunden; sie schlug ihm vor, sie in ihrer Praxis abzuholen. Virgile verließ den Bahnhof. Die roten Lichter der Restaurants und die weißen Neonröhren der Straßenlaternen störten ihn. Es wäre ihm lieb gewesen, wenn plötzlich alles dunkel gewesen wäre. Er senkte den Blick, richtete ihn fest auf seine Schuhe und machte sich auf den Weg. Die während der gesamten Strecke gleichförmige Bewegung seiner Schritte brachte sein Denken in Schwung. Jeder Schritt fügte sich wie ein Puzzleteil in ein riesiges Ganzes, das sich ihm erst mit seiner Vollendung erschloss. Als Armelle die Tür öffnete, hatte er seine Entscheidung getroffen.

„Ich werde sie wiederfinden", sagte er.

Als wolle er seinen Gedanken den gebührenden Nachdruck verleihen, hielt er den Blick immer noch gesenkt. Armelle hob sein Kinn und küsste ihn zur Begrüßung auf beide Wangen. Sie schloss die Tür und zog ihren Freund ins Sprechzimmer.

„Sie fehlt mir", sagte Virgile und hob mit einer hilflosen Geste die Hände.

„Dieses Mädchen, das du nicht kennst, fehlt dir?"

„Ich kann nichts dafür."

„Du wirkst kämpferisch. Es ist schön, dich so zu sehen."

Armelle nahm ihn ernst. Das war eine ihrer wunderbaren Eigenschaften. „Ich habe mein Leben lang versucht, allen Schwierigkeiten aus dem Weg zu gehen, und das Ergebnis ist katastrophal. Warum soll ich nicht ein einziges Mal etwas wagen?“

Sie machten es sich im Sprechzimmer bequem. Aus einem in das Bücherregal eingebauten Schränkchen holte Armelle eine Flasche *Pic Saint-Loup* und zwei Stielgläser hervor. Virgile nahm einen Schluck. Die Wärme des Weins tat ihm gut. Armelle erzählte ihm von ihrer Kundschaft. Die Mund-zu-Mund-Propaganda funktionierte. Jahrelang hatte Virgile gesehen, wie seine Freundin konzentriert auf die Verwirklichung ihres Vorhabens hinarbeitete; es gefiel ihm, sie so begeistert zu sehen. Sie waren gleich alt, aber sie war ihm um einiges voraus. Nichts schien sie aufzuhalten. Ihr Beispiel spornte ihn an. Sie kamen wieder auf Clara zu sprechen.

„Erinnerst du dich noch, ob sie blond oder dunkelhaarig war?“

Virgile legte sich auf das Sofa. Er musste sich ausruhen. Die Entscheidung, sich auf die Suche nach Clara zu machen, hatte ihn erschöpft und seinen Angstpegel kräftig nach oben schnellen lassen. Aber er war fest entschlossen, sich nicht von diesen Ängsten einschüchtern zu lassen, die ihm nachdrücklich einschärften, sich in den eigenen vier Wänden zu verbarrikadieren.

„Ich weiß nicht, ob sie groß oder klein ist, ich kenne weder die Farbe ihrer Haare noch ihre politische Einstellung. Ich weiß auch nicht, ob sie sich alte Filme ansieht, ob sie liest oder welche Musik sie hört. Aber ich liebe ihre Art zu reden, ich liebe den Klang ihrer Stimme."

Nichts schien ihm wichtiger als das. Der Gesang der Vögel, die Musik, das Rascheln fortwehender Blätter auf dem Boden – all das war bloßer Lärm im Vergleich zu Claras Stimme.

„Was glaubst du, warum gelingt es mir nicht, mich an sie zu erinnern?"

„Die häufigste Ursache für Amnesie ist ein Schädel-Hirn-Trauma", legte Armelle mit der ihr eigenen Mischung aus Sanftheit und Ironie dar.

„Ich habe mich nicht gestoßen."

„Auf jeden Fall hast du einen Schock erlitten."

Virgile befühlte seinen Schädel. Armelle öffnete das Fenster, um die Praxisräume zu lüften. Geheimnisse, Tränen und Leidenschaften hatten sich den ganzen Tag über in diesem Zimmer angestaut.

„Die ganze Welt hat Mitleid", sagte Virgile. „Es ist unerträglich. Meine Freunde verbringen ihre Zeit damit, mich zu bedauern. Ich ertrage es nicht mehr, beobachtet zu werden wie ein hoffnungsloser Fall. Als würde im Nebenzimmer mein Sarg schon bereitstehen. Es ist noch nicht zu spät, ich will noch leben."

„Du bist die mutigste Person, die ich kenne, Virgile. Ich mache mir keine Sorgen um dich."

Virgile stand auf und lehnte sich ans Fenster. Obdachlose saßen vor ihren Zelten am Ufer des Kanals und sangen, Paare schoben Kinderwägen, Jugendliche spielten Tischtennis, ein Schleppkahn wartete vor einer Schleuse. Eine Gruppe junger Leute machte ein Picknick.

„Ich mag diese kleinen Lichter", sagte Virgile und wies auf die Punkte, die sich wie eine Girlande durch das dichte Gebüsch bei der Schleuse zogen.

„Das sind junge Leute, die Crack rauchen. Sie verstecken sich. Seit diese Ecke in Mode gekommen ist, sind die Bullen hier oft auf Patrouille."

Traurig verschleierte sich Virgiles Blick. Armelle schmiegte sich an ihn und legte ihm einen Arm um die Schultern. Virgile mochte ihr Parfum aus Tuberose und einem Hauch von Hyazinthe und Muskat.

„Ich werde dir jetzt einen Rat geben, was Clara betrifft", sagte Armelle.

„Also gut, warum nicht."

„Stell sie dir nicht vor. Denk dir kein Phantasiebild aus. Das wäre ein verhängnisvoller Fehler. Denn dann wirst du an dem Tag, an dem du ihr begegnest, enttäuscht sein."

„Sie mir nicht vorstellen", wiederholte Virgile, um sich den Gedanken fest einzuprägen.

„Du machst es dir nicht klar, Virgile, aber du musst dich gegen deine unglaubliche Vorstellungskraft schützen.“

Armelle hatte recht: Virgile erträumte sich die Frauen, die er liebte. Wie könnte er sie im Übrigen nicht lieben, da er sie sich doch ausdachte? Wenn er ihnen dann begegnet war, versah er sie mit Farben und Zügen, die sie gar nicht besaßen. Armelle war ihm gerade deshalb so nah, weil sie trotz des Geheimnisvollen genug Konsistenz hatte, um die Vorstellungskraft ihres Freundes nicht in Gang zu setzen. Es gab keine Leerstelle, die aufgefüllt werden musste.

Und doch war Armelles Warnung überflüssig, denn in diesem Fall sah sich Virgile einer schlicht unvorstellbaren Frau gegenüber. Die Vorstellungskraft entsteht nicht *ex nihilo*, sie braucht Stoff, den sie transformieren kann. Und Virgile hatte keinen einzigen Anhaltspunkt zur Verfügung, nicht das kleinste Teilchen oder den kleinsten Farbtupfer, mit dem er ein Bild von Clara hätte entwerfen können. Gewiss, er war in der Lage, ein vollkommenes Porträt zu erstellen: Sie wäre alles gewesen, was er bei einer Frau zu finden wünschte. Aber die mit einem solchen Vorgehen verbundenen Gefahren hielten ihn davon ab. Wenn wir uns unsere idealen Partner erträumen, zeichnen wir sie uns ohne jeden Makel, ohne jede Schwäche und sogar mit dem Geschlecht, das uns gefällt.

Der Tag war verflogen, ohne dass Virgile es bemerkt hatte; er hatte kaum gearbeitet und die Zeit vielmehr damit verbracht, Bleistifte zu spitzen oder Sachen hin und her zu schieben. An diesem Dienstagabend war er allein in der Praxis von Frau Doktor Zetkin. Er setzte sich immer an die gleiche Stelle zwischen dem Eingang und der Tür zum Sprechzimmer. Er nutzte das Alleinsein, um die Beine von sich zu strecken und sich auf seinem Stuhl zu räkeln.

Die Sitzungen bei Frau Doktor Zetkin hatten ihn begreifen lassen, wie sehr seine Kindheit sein Gefühlsleben geprägt hatte. Seine ganze Jugend über war er mit der Truppe des Zirkus *Elephas*, dem seine Eltern angehörten, kreuz und quer durch Frankreich gezogen.

Der Zirkus war gegen Ende des spanischen Bürgerkrieges von Emilio Lavinia, einem Mitglied der Arbeiterpartei POUM, gegründet worden. Im März 1939 wurde Madrid durch den Verrat des Oberstleutnant Casado von den Nationalisten eingenommen; die Armee der Republikaner wurde aufgerieben, die ausländischen Freiwilligen kehrten nach Hause zurück, die Frankisten verjagten die Aufständischen. Unter ihnen befanden sich auch Emilio Lavinia und seine Kameraden, die Zuflucht in einem katalanischen Dorf in der Nähe von El Vendrell gesucht hatten. Die meisten Gebäude waren zerfallen, ihre Bewohner waren geflohen oder tot. Auf dem Dorfplatz war ein Zirkus den Maschinengewehren und Bomben nicht vollständig zum Opfer gefallen. Emilio Lavinia und seine Freunde bemächtigten sich des Zirkuszeltes, der Wägen und der Kostüme. Sie stickten den Namen *Elephas* an die Stelle des ursprünglichen Namens, auch wenn nie ein Elefant oder ein anderes exotisches Tier in dem Zirkus auftreten sollte. Sie mochten einfach diesen Namen und die auf den Stoff genähten Umrisse des Dickhäuters. Das riesige Tier war ein ironisches Symbol für die Flüchtlinge.

Der Zirkus erlaubte es ihnen, inkognito durch das Land zu ziehen und so nach Frankreich zu flüchten. Um keinen Verdacht zu wecken, gaben sie an jedem Aufenthaltsort eine Vorstellung.

Diese Männer und Frauen hatten ihren Beruf zu Beginn des Bürgerkrieges aufgegeben, um den Umgang mit Waffen und Sprengstoff zu erlernen. Jetzt aber entwickelten sie ungeahnte Fähigkeiten als Akrobaten, Seiltänzer, als Eisenstangen verbiegende Kraftprotze, als Musiker, Schlangenmenschen, Clowns, Magier und Jongleure. Und so erwiesen sie sich entgegen jeder Erwartung als ebenso gute Künstler, wie sie Kämpfer gewesen waren. Sie ließen sich ganz auf das Spiel in ihren neuen Kostümen ein.

Virgiles Eltern hatten Lavinia und seinen Zirkus kennengelernt, als er Anfang der Sechzigerjahre durch Pau kam. Beide hatten ihre Eltern während der deutschen Besatzung verloren, nichts hielt sie dort zurück. So hatten sie das Gymnasium Louis Barthou verlassen und waren zur Truppe gestoßen.

Der Zirkus bildete einen einzigartigen Kosmos. Die Gemeinschaft umfasste Kinder, Erwachsene, Alte, Pferde, ein Schaf, einen als Zebra bemalten Esel, Hunde und Katzen. Zu den Klängen von Akkordeon und Gitarre und beschwingt vom Wein erzählten die Alten Geschichten und erinnerten sich ihrer gefallenen Freunde, der Kämpfe und der in ihren jungen Jahren herrschenden Brüderlichkeit. Aber es war auch ein hartes und ungewisses Leben. Manche Mitglieder der Truppe nahmen sich das Leben; die Abende bei Kerzenschein verschleierten eine allgemeine Neigung zum Alkoholismus.

Die Einkünfte des Zirkus waren höchst unterschiedlich. In manchen Städten trat so gut wie niemand durch die rot-goldenen Vorhänge am Eingang des Zirkuszeltes. Die Einnahmen hingen vom Wetter ab, von der Übertragung eines Fußballspiels im Fernsehen oder von einer grassierenden Magen-Darm-Verstimmung. Kamen die Zuschauer zahlreich, so lebte die Truppe recht annehmbar. Blieb das Publikum aus, so wurden die Mahlzeiten im Wesentlichen mit Nudeln bestritten. Lebensmittelgutscheine des Bürgermeisteramtes und Kleider aus der katholischen Gemeindehilfe waren willkommen.

Sie blieben nie länger als einen Monat am gleichen Ort. Virgile besuchte eine Schule gerade so lange, bis der jeweils bulligste Junge ihn zu seiner Zielscheibe auserkoren und sich vorgeknöpft hatte.

Seine Eltern waren ein glückliches Paar, aber ihre Zirkusnummer hatte sein Bild von Liebesbeziehungen entscheidend geprägt: Zu den Klängen einer Trommel und eines Beckens warf sein Vater mit verbundenen Augen Messer in die Richtung seiner auf einer riesigen, sich drehenden Zielscheibe gefesselten Mutter (in einem unglaublich sexy wirkenden, golden umsäumten rosa Kostüm). Weniger als einen Zentimeter vom mütterlichen Fleisch entfernt bohrten sich die Klingen ins Holz. Seine ganze Kindheit über wohnte Virgile diesem lebensgefährlichen Schauspiel bei. Neben der fürchterlichen Angst, seine Mutter sterben zu sehen, verspürte er zugleich Scham angesichts ihrer Entblößung vor den Zuschauern, unter denen sich oft Klassenkameraden mit ihren Eltern befanden.

Virgile fand, dass seine Eltern so viel Energie lieferten wie ein kleines Kraftwerk. Sie waren anstrengend und beängstigend, aber er bewunderte sie. Seit er in Paris lebte, schickten sie ihm jede Woche eine Postkarte, die meistens eine Ansicht des Dorfplatzes zeigte, auf dem der Zirkus gerade seine Vorstellungen gab. Virgile rief sie jeden Sonntag an – und auch in den Nächten, in denen ihn jener Albtraum heimsuchte, in dem sein Vater sein Ziel verfehlte. („Die Psychoanalytiker sollten einen Teil ihrer Einkünfte an die Eltern ihrer Patienten zurückzahlen“, hatte er Frau Doktor Zetkin einmal vorgeschlagen.) Er hatte ein viel besseres Auskommen als seine Eltern, aber diese hätten sein Geld nicht angenommen; daher hatte er eine Lotteriegesellschaft gegründet (die im Steuerparadies der Cayman-Inseln beheimatete *Fortuna Houdini Cagnota*), die ihnen von Zeit zu Zeit in einem großen, golden umrandeten Umschlag einen Scheck schickte, wenn das Los auf ihr Geburtsdatum, ihren Namen oder ihr Autokennzeichen gefallen war.

Erklärte dieses unstete Zigeunerleben während der Kindheit Virgiles Bedürfnis nach Stabilität? Jedenfalls reiste er kaum noch und ertrug es nicht, Geldprobleme zu haben. Zu seinem Schutzpatron hatte er Marc Aurel auserkoren, den stoischen Kaiser. Dieser hatte den Tod seiner Frau (und ihre mögliche Untreue) und den Verrat von Avidus Cassius ertragen müssen, er hatte Rom gegen die Barbaren verteidigt; es war während seiner Herrschaft zu Überschwemmungen durch den Tiber gekommen, bei Cyzikus und Smyrna hatte die Erde gebebt und eine Pestepidemie hatte das Römische Reich heimgesucht. Durch seinen täglichen Kampf war es ihm gelungen zu überleben, sein Reich zu retten und als Philosoph zu leben. Das Reich, das Virgile retten musste, war sein eigenes Leben. Zwei

Adjutanten standen ihm bei diesem Unterfangen beständig und tapfer zur Seite: Frau Doktor Zetkin und das Yoga. Wie einen Talisman trug er stets ein Exemplar der *Selbstbetrachtungen* von Marc Aurel bei sich.

Die Tür ging auf und riss Virgile aus seinen Gedanken. Er betrat das Sprechzimmer.

Ihrem bewährten Verfahren treu bleibend, zeigte Frau Doktor Zetkin keinerlei Anzeichen von Überraschung oder Interesse, als Virgile ihr seinen Plan verkündete, Clara wiederzufinden.

„Sie sagen ja gar nichts", staunte Virgile.

Mit über ihrem Notizblock verschränkten Händen am Schreibtisch sitzend, wahrte Frau Doktor Zetkin die Haltung einer Wachsfigur. Die auf eine schwache Lichtstufe eingestellte Halogenlampe betonte den Schattenriss ihres Gesichtes. Virgile hatte seinen üblichen Platz auf dem Sofa nicht wieder eingenommen. Er brauchte ein unmittelbares Gegenüber und wollte nicht weiterhin seine Träume erzählen und dazu Gedanken und Bilder assoziieren.

Er hatte beschlossen, seine Psychoanalyse für eine Weile auszusetzen. Frau Doktor Zetkin zeigte sich dieser Meuterei gegenüber gleichgültig. Virgile hätte sich gewünscht, dass sie reagierte, dass sie irgendetwas sagte, ganz gleich was, Hauptsache, sie lieferte ihm den Beweis, dass tatsächlich Worte aus seinem

Mund gekommen waren. Er wollte sicher sein, dass er gehört worden war; ob sie ihn verstanden hatte, war nebensächlich.

Vom Aufsatz des Schreibtisches und von den Regalbrettern des Bücherschrankes schienen ihn die ägyptischen Amulette und die afrikanischen Gesichtsmasken zu mustern. Diese Population aus unterschiedlichen Ländern und Zeiten gab ihm das beruhigende Gefühl, Teil der menschlichen Entwicklung zu sein: Seine Probleme, Zweifel und Wünsche schrieben sich in eine Geschichte ein.

Über dem Sofa hing eine Reproduktion von *Der Heilige Georg kämpft mit dem Drachen* von Raffael. Als guter Neurotiker hatte er einen Vormittag in der Bibliothek verbracht, um sich über die Figur zu informieren. Seinen Erkenntnissen zufolge hatte der heilige Georg sich geweigert, seinem Glauben abzuschwören, und deshalb sieben Jahre lang harte und grausame Foltern ertragen; er war drei Mal gestorben und drei Mal wiederauferstanden, bevor man ihn schließlich enthauptet hatte. Virgile fühlte sich dieser Figur nahe. Die bekannteste Episode seines bewegten Lebens war der Kampf mit einem Drachen, der die Tochter des Königs von Libyen gefangen hielt. Rechts oben auf dem Bild sieht man, dass die Prinzessin flieht, während der Ritter dem Ungeheuer die Stirn bietet. Dieses Gemälde machte Virgile jedes Mal Mut, wenn er es mit seinen Problemen aufnahm. Eine Frage hatte ihn allerdings einen Augenblick lang gequält: Warum floh die Tochter des Königs von Libyen? Jetzt wusste er, dass sie den heiligen Georg mit seinem Drachen allein ließ, weil ihr klar war, dass sie überflüssig war: Der Ritter und das Ungeheuer waren in ihrer gewaltsamen Beziehung gefangen. Virgile zog die von Paolo Uccello gemalte Version in der National Gallery vor, denn dort wartete die Prinzessin den Sieg des Ritters ab. Der Tod des Drachen bedeutete, dass sie einen Platz im Leben ihres Retters einnehmen würde. Das war eine romantische Sichtweise, die Virgile gefiel. Frau Doktor Zetkin entschloss sich schließlich, das Schweigen zu brechen.

„Sie meinen also, dass ich Ihnen etwas sagen sollte? Vielleicht dass Sie unrecht haben? Oder dass Sie recht haben?“

„Ganz und gar nicht.“

Natürlich verhielt es sich genau so, wie sie sagte. Virgile wünschte sich, dass sie ihn an die Hand nehmen und ihm helfen würde, Clara wiederzufinden; dass sie sie an seiner Stelle anrufen und ihr darlegen würde, welch wundervoller Mann er war. Er fühlte sich pathetisch.

„Ich werde für zwei Wochen verreisen.“

Die Neuigkeit traf Virgile wie ein Faustschlag ins Gesicht. Wie sollte er ohne seine drei üblichen Termine pro Woche klarkommen? Er hätte seine Ärztin gerne davon überzeugt, dass es besser war zu bleiben, und ihr erklärt, dass sie von dem zu erwartenden Schauspiel nicht enttäuscht sein würde, dass es sich lohnte, die Ferien zu stornieren, da diese Geschichte Überraschungen und wachsende Spannung versprach.

„Wohin geht es denn?"

„Wollen Sie mir etwa folgen?"

„Nein. Es sei denn, Sie bitten mich darum."

Der Humor war ein Verteidigungsmechanismus, das wusste er, aber es fiel ihm schwer, nicht auf ihn zurückzugreifen. Er hätte Frau Doktor Zetkin gerne zum Lachen gebracht, aber das wäre ein ähnlich neurotisches Begehren gewesen wie der Wunsch, einer Gummipuppe Lust zu verschaffen. Eines Tages würde er so reif sein, dass er darauf verzichten konnte, seine Psychoanalytikerin beeindrucken zu wollen. Eines Tages würde er aufhören, sich in Frauen zu verlieben, deren einzige Leistung es war, ihn zu verlassen.

„Sie werden doch immerhin Ihr Handy eingeschaltet haben?"

„Nein."

„Aber was soll ich denn tun, wenn es ein Problem gibt?"

Die Sorge war real. Das Umfeld von Virgile brach auseinander, und er war sich nicht sicher, dass er nach dessen kompletter Auflösung etwas anderes als Leere vorfinden würde.

„Genau das ist die Frage: Was werden Sie tun?“

Frau Doktor Zetkin überließ Virgile seinem eigenen Schicksal. Dieser hoffte inständig, dass sie wusste, was sie da tat. Die beiden folgenden Wochen waren in ihrem Terminkalender rot durchgestrichen. Virgile brachte eine letzte Bitte vor.

„Ich brauche eine medizinische Bescheinigung, aus der hervorgeht, dass ich am Leben bin. Nur dann schaltet man den Strom bei mir wieder an. Das ist eine lange Geschichte.“

Ohne jede Regung und ohne jeden Kommentar stellte Frau Doktor Zetkin die Bescheinigung aus.

Virgile hatte keine sehr klare Vorstellung von seiner Suche. Vielleicht hatte er sich hinreißen lassen und jagte der Vorstellung von Clara als jener Frau nach, die sein masochistisches Phantasma realisierte: bereits vor der Beziehung verlassen zu werden. Vielleicht war es etwas anderes, das er entdecken musste, ein Geheimnis, das er für sich selbst lösen musste.

Er faltete die medizinische Bescheinigung zusammen und schob sie in die Innentasche seiner Jacke. Dieses Dokument bewies, dass er am Leben war, die Unterschrift und der Stempel von Frau Doktor Zetkin bestätigten es. Das war immerhin keine schlechte Neuigkeit.

Faustine wohnte am Fuße des Montmartre. Sie arbeitete als Grafikerin in einem Kunstbuch-Verlag. Ihre wesentliche Beschäftigung während der Freizeit und der Ferien bestand darin, dass sie an Protestaktionen teilnahm, für die Rechte der illegal Eingewanderten und Arbeitslosen eintrat oder gar in bürgerlichen Wohnblöcken Unterkünfte für Bedürftige einrichtete. Unter Virgiles Freunden war sie diejenige, die sich am wenigsten mit ihrem Beruf identifizierte.

Um ein Andenken an die Sicherheit spendende Atmosphäre der Praxis von Frau Doktor Zetkin zu haben, hatte Virgile ein paar Teeblätter in die Taschen seiner Hose und seiner Jacke rieseln lassen. Er war direkt nach seiner Arbeit hergekommen; bei Svengali war dieser Mittwoch eintönig verlaufen. Er klopfte an die Tür.

Faustine öffnete. Sie trug ein kakifarbenes Kleid und einen schwarzen Pullover; rot-goldene Ohrringe schwebten über ihren Schultern. Sie war wunderbar. Für Virgile waren einfach alle Frauen schön. Diejenigen, die es nicht waren, waren lediglich schlecht gekleidet, schlecht frisiert oder schlecht geschminkt. Die Männer waren ein Fehler der Natur, es gab keine vernünftige Erklärung für ihre dumme Existenz und ihre physische Fadheit.

Während Faustine Wasser in einem Kessel zum Kochen brachte, dessen Form einem Elefanten nachempfunden war, zog Virgile seine Halbstiefel aus. Sie erzählten einander, was es Neues gab, und setzten sich auf den Boden an einen hübschen kleinen japanischen Tisch.

Faustine kaufte, verkaufte und tauschte eine Menge Dinge über das Internet. Den Möbeln und Nippsachen war bei ihr ein ebenso kurzes Dasein beschieden wie ihren Liebhabern. Virgile fand sich nur schwer in dieser Wohnung zurecht, die jeden Monat anders aussah. Die Stelle, an der das Sofa stand, bot ein paar Wochen später Blumentöpfen einen Platz; das Badezimmer wurde zur Küche; das Schlafzimmer wandelte sich zum Wohnzimmer; der Bücherbestand lagerte im Küchenschrank. Die Toiletten waren das einzige unverrückbare Element in der großen Wohnung; dorthin flüchtete Virgile, wenn er eine durch diese schwindelerregenden Veränderungen geweckte Angstkrise in sich aufsteigen fühlte.

Er war froh, dass er nichts mit Faustine gehabt hatte. Es hätte nicht geklappt. Sie war zu wankelmütig und zu sehr in der Wirklichkeit verhaftet, zu ernsthaft. Diese Eigenschaften hatten ihn angezogen, aber oft genug entpuppte sich gerade das, was Virgile bei einer Frau als anziehend empfand, als Grund für das Scheitern ihrer Beziehung.

Der Rüssel des metallenen Elefanten schnaubte. Faustine erhob sich und goss das sprudelnde Wasser in eine rote, mit schwarzen Punkten versehene Teekanne aus Porzellan.

„Du hast mich ziemlich selten angerufen in der letzten Zeit", sagte sie.

Virgile hegte den Verdacht, dass Faustine glücklich über sein Junggesellendasein war, da er so verfügbar war. Ganze Abende lang konnte sie ihm von ihren Liebhabern, ihren Eltern, ihrer Arbeit und ihren Plänen erzählen. Niemand wird das zugeben, aber es hat nichts Erfreuliches, wenn unsere Freunde ihr Leben meistern und sich verlieben, denn es entfernt sie von uns. Die verlässlichsten Freundesgruppen gründen sich auf Niederlagen im Gefühls- oder Berufsleben. In diesem Fall jedoch irrte Faustine: Virgile hatte sie weder seltener angerufen noch seltener gesehen als sonst. Diesen Eindruck hatte sie erst im Nachhinein gewonnen.

Sie schenkte Tee in glasierte Tontassen. Natürlich trat jetzt ein, was Virgile befürchtet hatte. Faustine wunderte sich darüber, dass er ihr Clara niemals vorgestellt hatte. Sie verstand nicht, warum er so verschwiegen gewesen war. Sie war verärgert. Einen ganzen Monat über hatte er nicht einmal einen Anlass gefunden, um ein Abendessen oder einen Aperitif zu organisieren.

Virgile spürte, dass Faustine ihn gleich in Verlegenheit stürzen würde. Es ist bequemer, Freunde zu haben als Freundinnen. Frauen verstehen einfach zu viel. Was sie selbst angeht, so sind sie blind wie Maulwürfe, aber in den Angelegenheiten der ihnen Nahestehenden sehen sie vollkommen klar. Sie analysieren, entziffern, kommentieren und vermuten. Männer hingegen beschränken sich auf einfältige Ratschläge ohne jede Relevanz.

Seit er seine Psychoanalyse begonnen hatte, hatte Virgile sich angewöhnt, mit seinen Freunden über seine Herzensangelegenheiten zu sprechen und sie auf dem Laufenden zu halten. Seine Schweigsamkeit hinsichtlich Clara war ungewöhnlich, da hatte Faustine recht. Um ihre Zweifel zu zerstreuen, erklärte er ihr, dass er sich erst über seine Gefühle hatte klar werden wollen. Das war umsichtig. Faustine schien sich von dem Argument überzeugen zu lassen. Als die Gefahr, dass die Wahrheit ans Licht kommen könnte, gebannt war, verkündete er ihr seine Entscheidung:

„Ich habe beschlossen, Clara zurückzuerobern."

Virgile war der Meinung, dass seine Freundin von diesem romantischen Vorhaben entzückt sein müsste. Schließlich kämpfte er dieses eine Mal tatsächlich. In der Vergangenheit hatte sie ihn jedes Mal, wenn er verlassen wurde, ermutigt, den Bruch als eine zweite Chance zu begreifen. Ohne Ergebnis. In Wahrheit war Virgile erleichtert, sich von Frauen befreit zu sehen, von denen er nicht mehr verstand, warum sie einmal eine Anziehungskraft auf ihn ausgeübt hatten. So hatte er ihre Ratschläge bis heute nicht befolgt.

Er benetzte gerade seine Lippen mit dem Tee, da warf Faustine ihm ein Kissen ins Gesicht. Der Tee ergoss sich über seine Brust und verbrannte ihn. Er schrie auf und starrte Faustine fassungslos an.

„Seit Jahren versuchst du mir beizubringen, dass ich kämpfen soll …“

„Ich habe meine Meinung geändert.“

„Du hast deine Meinung geändert?“

„Du suchst dir Mädchen aus, die dich unweigerlich verlassen werden, mit dem einzigen Ziel, dir deine paranoide Einsamkeit zu bestätigen.“

Während Virgile sich den Tee von seinem Gesicht und seinem Hemd wischte, wartete er auf den Gnadenstoß.

„Verlass dich doch selbst und übertrag es nicht anderen.“

Abgesehen von Selbstmord und Psychose gab es unglücklicherweise keine anderen Mittel, um sich selbst zu verlassen. Virgile knetete die Teeblätter in seiner Tasche. Seine Beziehungen zogen an seinem geistigen Auge vorüber wie die Figuren eines Bildes von Hieronymus Bosch. Faustine hatte nicht unrecht, er war selbst sein schlimmster Feind. Er erinnerte sich an die Entdeckung des Triptychons *Der Garten der Lüste* in einem Ausstellungsraum des Prado. Im letzten Jahr hatte Simone ihn gezwungen, Urlaub zu nehmen: Sie hatte ihm ein Flugticket nach Madrid gekauft und ein Zimmer in einem großen Hotel gebucht. Virgile hasste es, Paris zu verlassen: Mit jeder Reise verengte sich die Welt ein klein wenig mehr. Das war unvermeidlich. Das Gefühl, auf einem Planeten zu leben, den man in ein paar Stunden überqueren konnte, versetzte ihn in Angst. Er musste glauben können, dass Amerika unerreichbar war (und eigentlich zu Indien gehörte), dass China überbordende Schätze und Heilkünste besaß und dass es in Afrika Kulturen gab, die über magische Kräfte verfügten, und dass in den Wäldern dort unzählige Fabeltiere hausten.

Aber er hatte sich überzeugen lassen, zum Teil, weil er Simone einen Gefallen tun wollte, zum Teil, weil ihn das ständige Kommen und Gehen seiner Nachbarinnen und ihrer Freier in seinem Haus allmählich aufregte. Er hatte die meiste Zeit seines Aufenthaltes im Hotel verbracht und dort in den vergoldeten Sesseln des Salons gelesen, mit dem einäugigen Barmann Schach gespielt, Tee in den Gartenanlagen getrunken und zwischen internationalen Najaden im Swimming-Pool den toten Mann gemacht. Er hatte einen Besucher des Hotels, der ein ausgesprochener Liebhaber von Besichtigungen und Spaziergängen war, dazu überredet, ihm die Fotos von seinem Aufenthalt zu verkaufen, um sie seinen Freunden und Kollegen bei seiner Rückkehr nach Paris zeigen zu können. Rundum gelungene Ferien also.

Eines Morgens hatte er in seinen Sachen eine Eintrittskarte für den Prado gefunden, eine Aufmerksamkeit von Simone. Wenn er Museen liebte, so weil er dort herumstreifen konnte; er betrachtete sie als eine Art Wald, in dem man angenehm wandeln und den Blick zerstreut in die Ferne schweifen lassen konnte. Es kam nicht in Frage, sich vor jedem einzelnen Meisterwerk aufzubauen. Virgile war nicht fähig, mehr als fünf Bilder zu betrachten; alles, was darüber hinausging, glich einer Überdosis, alle Farben, alle Themen vermischten sich, Klimt, Leonardo da Vinci, Marie-Guillaume Benoist und Artemisia Gentileschi verschwammen zu einer Art Bouillabaisse.

Um dem Ansturm der Besucher zu entgehen, hatte er sich unmittelbar nach der Öffnung zum Prado begeben. Leise vor sich hin pfeifend war er durch die Räume gegangen; manchmal blieb er, wenn sein Instinkt ihm das eingab, vor einem Bild stehen. Vor dem Triptychon von Bosch hatte er lange verweilt und es genau angesehen, denn in manchen der gemarterten Figuren erkannte er sich selbst, und mehrere seiner Gefährtinnen glichen auf frappierende Weise den Porträts der Verdammten.

Faustine schenkte Tee nach. Um zu einer entspannten Stimmung zurückzufinden, hatte sie eine Jazzplatte aufgelegt.

„Du hast ja recht", sagte Virgile. „Ich habe niemals Frauen gewählt, mit denen es hätte klappen können. Aber meine Geschichte mit Clara hat mich verändert. Sie ist anders als die anderen."

„Ach ja?"

„Du kannst dir gar nicht vorstellen wie sehr. Ich versuche zu begreifen, warum sie mich verlassen hat."

Faustine machte ein ungläubiges Gesicht, denn sie bezweifelte die Fähigkeiten ihres Freundes, sich zu ändern. Aber sein Wille rührte sie. Sie enthüllte ihm die vier Gründe, die ihrer Meinung nach eine Frau dazu brachten, ihn zu verlassen: „Du bist ein Misanthrop, dir fehlt es an Selbstvertrauen, du arbeitest in der Werbung und du lebst in einem Puff. Da ist es normal, dass Frauen sich nicht wohl bei dir fühlen."

Sie kannten sich seit fünf Jahren, aber Faustine hatte sich wegen des entwürdigenden Schauspiels der Prostituierten und ihrer Freier immer geweigert, ihn zu besuchen. Faustines Prinzipien besaßen viel Charme. Sie hatten durchaus eine Rolle bei dem verführerischen Eindruck gespielt, den sie zunächst auf Virgile gemacht hatte.

„Wie war ich während des Festes?"

„Wie immer: Du fühltest dich nicht wohl und dein Humor war so scharf wie ein Rasiermesser. Du hattest getrunken."

Virgile trank bei den von seinen Freunden organisierten Abenden. Der Alkohol machte ihn nicht geselliger, ließ ihn aber gesammelt wirken und verlieh seiner Schüchternheit sowie seiner Abneigung gegen den Herdentrieb einen größeren Nachdruck. Sein Alkoholkonsum blieb maßvoll, er flirtete mit dem

Rausch, ohne betrunken zu sein, er ließ sich also gehen und behielt dennoch die Kontrolle.

„Ich möchte mich gerne bei Clara entschuldigen."

„Dich entschuldigen? Wofür? Dafür, dass du so bist, wie du bist?"

„Dafür dass ich nicht ein wenig anders war." Er nahm zwei Schluck von dem kochend heißen Tee, bevor er beiläufig das Thema wechselte. „Was denkst du über Clara?"

„Ich kenne sie kaum."

„Ach ja?"

„Da ihr an jenem Abend beide so verloren ausgesehen habt, habe ich dich ihr vorgestellt."

„Ich finde ihre Telefonnummer nicht mehr. Könntest du sie mir geben?"

„Ich habe sie nicht", sagte Faustine. „Sie ist eine Freundin von Maud. Maud war es auch, die mich angerufen hat, um mir mitzuteilen, dass zwischen euch Schluss ist."

Das war keine gute Neuigkeit. Maud wollte seit Jahren mit Virgile schlafen. Ihr zu widerstehen verlangte ein gewisses Maß an Selbstkontrolle (das Yoga half ihm dabei sehr), denn sie hatte seidiges Haar, einen traumhaften Körper und einen ausgesprochenen Sinn für Sarkasmus. Kaum hatte er Faustine verlassen, rief er Maud an und hinterließ eine Nachricht auf ihrem Anrufbeantworter, um ihr mitzuteilen, dass er sie dringend sehen müsse.

Es war bereits dunkel geworden, als er wieder zu sich nach Hause zurückkehrte. So setzte er den Höhlenforscher-Helm auf und schaltete die Stirnlampe ein, um in seiner Wohnung herumzugehen. Faustine hatte ihm einen Karton mitgegeben, den Salomé bei ihr für ihn hinterlassen hatte.

Salomé war Virgiles letzte Freundin, und er wusste nicht, warum sie ihn verlassen hatte. Sie hatte ihn angerufen, um ihm zu sagen, dass es aus war, aber die Nachbarin von oben und auch die von nebenan hatten sich bei ihren vorgespielten Orgasmen so verausgabt, dass er ihre Erklärungen nicht verstanden hatte. Er hatte es nicht gewagt, sie darum zu bitten, ihre Worte zu wiederholen. Seinem Schicksal ergeben, war er sicher, dass sie sehr gute Gründe hatte. Ihre Geschichte hatte ein paar Monate gedauert und war Anfang des Sommers zu Ende gegangen. Salomé hasste das Viertel von Virgile, deshalb war er stets in ihre Wohnung im Arrondissement des Gobelins, unweit der Place d'Italie gekommen. Er hatte dort Hemden, eine Hose, Unterwäsche, Schallplatten und Bücher zurückgelassen und war nicht unglücklich darüber, die Sachen jetzt zurückzubekommen.

Er öffnete den Karton. Es waren nicht seine Sachen. Die Hemden gehörten einem Mann, der doppelt so dick war und nur halb so viel Geschmack besaß wie er. Er verabscheute wild gemusterte Hemden. Für die Hose galt das Gleiche. Salomé hatte seine Sachen mit den Kleidungsstücken eines anderen Freundes verwechselt. Kannte sie ihn denn so schlecht? Stellte sie sich tatsächlich vor, dass er solche Klamotten hätte tragen können? Das war verletzend. Die Schallplatten waren genauso daneben. Diese Art von Musik hörte er nicht. Alles, was er Salomé erzählt hatte, alles, was sie einander anvertraut hatten, war offenbar vergessen. Er dachte manchmal an sie, an ihre schönen Augenblicke, an ihre Kinobesuche in der Rue Champollion. Diese Erinnerungen verloren nun mit einem Schlag ihre Bedeutung.

Er fand im Mülleimer den Prospekt eines japanischen Imbisses und bestellte eine Auswahl von Sushis, Sashimis und Makis. Er stellte sich auf einen einsamen und depressiven Mittwochabend ein. Er zog den Riemen des Höhlenforscher-Helmes enger, schenkte sich ein Glas Faugères ein und begann über sein Liebesleben nachzudenken.

Das Licht des Höhlenforscher-Helmes drang durch das Weinglas und warf einen roten Schimmer an die Wand. Virgile nahm einen Schluck Wein.

Er war niemals in Kontakt mit seinen früheren Partnerinnen geblieben. Nicht, weil die Trennungen zu schmerzlich gewesen waren, sondern eher, weil sie gerade nicht schmerzlich genug gewesen waren.

Es gibt eine verwirrende Parallele zwischen der Entwicklung des Tourismus und der Vervielfachung von sentimentalen Geschichten. Wir lieben genauso wie wir reisen – für kurze Zeitspannen und auf vorgegebenen Wegen. Wir verlieben uns, um Erinnerungen, Briefe, eine Auswahl an Empfindungen und neue Farben vor Augen zu haben; um unseren Kollegen, unseren Freunden oder unserem Psychoanalytiker davon zu erzählen. Es gibt keinen Unterschied zwischen der Liebe und den Reisen, denn wir kehren stets von beiden zurück.

Warum hatte er sich in diese Frauen verliebt? Sie waren alle hübsch und intelligent, aber es fehlte ihnen an Persönlichkeit. Ihre Haupteigenschaft bestand in der Tatsache, dass er nicht allzu sehr darunter litt, sie nicht mehr zu sehen. Vielleicht hatte er sie genau deshalb gewählt: Er hatte Frauen geliebt, deren Verlust ihm keinen dauerhaften Schmerz verursachte. Es konnte nichts zwischen ihnen entstehen. Aber wenigstens war auch niemand verletzt worden.

Vor dem Erscheinen bzw. dem Verschwinden von Clara hatte es keine Überraschungen in seinem Leben gegeben. Es war ein banales, aber kontrolliertes Leben. Er hatte ein scheinbares Gleichgewicht erreicht.

Virgile wusste, dass es ihm an Ehrgeiz gefehlt hatte. Es besteht ein Unterschied zwischen wirklichem Ehrgeiz und einem Verhalten, bei dem man sich lediglich in das einbringt, was man tut. Er schwor sich, von nun an in seinen persönlichen Angelegenheiten genauso anspruchsvoll zu sein wie bei seiner Arbeit; er würde sich unablässig verbessern, sich weiterentwickeln und nicht zögern, Entwürfe seiner selbst wegzuwerfen. Aber war der Versuch, eine Frau wiederzufinden, mit der er nie zusammen gewesen war, nun ein Beweis für Ehrgeiz oder für innere Unausgeglichenheit? Er war sich nicht sicher, wie die Antwort darauf lautete.

Es klingelte an der Tür. Der Bote von dem japanischen Imbiss war da. Virgile bezahlte ihn, leerte sein Glas und verließ die Wohnung. Er schenkte die Sushis den Mädchen, die auf den Strich gingen, und machte sich auf den Weg zur Place de la République.

Der Regen erfrischte ihn. Er wunderte sich, dass er keine nassen Haare bekam, und bemerkte, dass er den Höhlenforscher-Helm aufgelassen hatte.

Bald tauchte die Leuchtreklame des Monoprix in der Rue du Temple auf. Die roten Buchstaben strahlten in der Dämmerung. Virgile fühlte sich bereits besser. Als er durch die automatischen Türen ging, um ins Licht zu treten, verschwand die Last auf seinen Schultern. Es gibt keine bessere Aufmunterung und keine bessere Ablenkung als den Konsum. An manchen einsamen Abenden, wenn ihm die Gesellschaft der anderen sinnentleert erschien, wenn er nicht mehr an Abende unter Freunden glaubte, wurde ihm bei einem Spaziergang durch die Gänge dieses Monoprix-Marktes wieder warm ums Herz. Er konnte es nicht fassen, dass er tatsächlich das Recht hatte, all diese wunderbaren Dinge zu kaufen. Er stieß auf Produkte aus seiner Kindheit wie bestimmte Teddybären oder andere Kuscheltiere: eine Getreidemarke, eine orangefarbene Dose mit Kakaopulver, ein Waschmittel mit einer kleinen Überraschung in der Packung, eine bestimmte Flasche Mineralwasser. Das Produkt hatte sich nicht verändert. Das also blieb von der Vergangenheit, das also hatte ohne Kratzer überlebt, hier also konnte er in seinen Gefühlen schwelgen. Unglücklicherweise vernichteten die Marketing-Agenturen diese Erinnerungen zunehmend, da sie die Form und die Farben der Verpackungen änderten.

Virgile nahm sich neben den Kassen einen Einkaufskorb. Der Wachposten beobachtete ihn voller Misstrauen, wies mit dem Finger auf seinen Helm, während er sich zum Ohr seines Vorgesetzten neigte; einen Augenblick lang folgte er ihm. Virgile schlenderte durch den Gang mit dem Obst und Gemüse, dann kam er zu den Milchprodukten, dem Alkohol, den Säften und schließlich zu den Schönheitsartikeln. Die Farben erinnerten ihn an Blumenfelder. Es reichte ihm, ein Produkt zu betrachten, um sich an seinen Ursprungsort zu versetzen, an die Bauern zu denken, die das Korn gesät, die Frucht geerntet und das Lebensmittel erzeugt hatten.

Virgile sah Ähnlichkeiten zwischen den Supermärkten im Souterrain und den Ufern des Ganges in Benares. Die zu den Gängen der Lebensmittelabteilung führenden Rolltreppen gleichen ein wenig den *Ghâts*, jenen Treppen, die die Hindus hinuntersteigen, um in dem reinigenden Fluss zu baden. Wir drängen uns in einen Supermarkt wie die Hindus in ihren heiligen Fluss: um seine heilenden, angstlösenden und wohltuenden Kräfte zu nutzen.

Das Einkaufen bietet die Gelegenheit, eine kollektive und mystische Erfahrung zu teilen. Wir gehen nebeneinander her. Jeder trägt seinen Korb, schiebt seinen Wagen. Niemand versteckt seine Einkäufe. Man weiß, dass dieser Mann eine empfindliche Haut hat, gern Innereien isst und dass er Kinder hat, die Schokoladenflakes in Tierform haben wollen; man weiß, dass jene Frau Zitronentörtchen mit Baiserhaube mag und trockene Haare hat; und die Einzelportion Lachs mit indischem Curryreis zeigt, dass sie alleinstehend ist.

Die Körbe offenbaren unsere Intimität: Wir geben alles über unsere Badezimmer, unsere Toiletten, den Inhalt unserer Kühlschränke und die Zusammensetzung unserer Familien preis. Der unschuldige Exhibitionismus ist ganz normal. Wir sind nackt wie die Kinder und es stört uns nicht.

Aus einem quer über den Fahrradweg des Boulevard Magenta geparkten Lastwagen luden vier Männer Dutzende auf Kleiderbügeln hängende, in durchsichtige Plastikhussen verpackte Brautkleider aus. Virgile und Armelle saßen in der *Taverne* in der Nähe der Gare de l'Est. Dieser Bahnhof lag nur etwa einhundert Meter von der Gare du Nord entfernt; aber im Gegensatz zu seinem großen Bruder war er unangenehm und hässlich, zudem war die Umgebung weniger gastfreundlich.

Armelle war entschlossen, ihr Wochenende bereits an diesem Donnerstag beginnen zu lassen und mit dem frühesten Zug zu Anne-Elisabeth nach Strasbourg zu fahren. Ihr Gepäck stand auf dem Stuhl neben ihr. Es war eine elegante Ledertasche. Seit sie ihre Praxis eröffnet hatte, hatte sich Armelle zwei schöne Dinge geleistet: diese Reisetasche und geschnürte Halbstiefel, die sie heute ebenfalls trug. Ihre Kleidung bestand aus einer marineblauen Kombination. Das zusammengebundene Haar brachte ihr Gesicht zur Geltung. Ihre parfümierte Haut verströmte eine feinsinnige Mischung aus Tuberose und Gewürzen.

Der Kellner brachte ein Körbchen mit Croissants, zwei Orangensäfte, einen richtigen Kaffee und einen ohne Koffein. Ein feiner Nieselregen mischte sich in den Dunst des heraufziehenden Tages.

Noch ganz verschlafen benetzte Virgile seine Lippen mit dem koffeinfreien Kaffee. Er dachte darüber nach, wie viel Zeit er mit Trinken verbrachte. Sein ganzes soziales Leben basierte auf dem Trinken. Jedes Mal, wenn er mit jemandem sprach, trank er etwas (Wein, Schwarztee, Kräutertee, Soda, entkoffeinierten Kaffee). Gerade so, als würde er trinken, um manchmal unpassende oder absichtlich bittere Worte anzufeuchten und gleitfähiger zu machen. Armelle brach ein Croissant in zwei Teile. Sie biss in eine Spitze hinein und legte den Rest zurück. Sie trank einen Schluck Orangensaft. Virgile nahm das von seiner Freundin verschmähte Croissant-Stück. Sie waren etwas über dreißig Jahre alt, und ein paar Kilos zu viel hatte man schnell auf der Waage. Virgile hatte sein übliches Frühstück mit Haferflocken und Sojamilch vor ein paar Tagen aufgegeben. Er spürte, dass seine Beine schwerer und sein Bauch etwas dicker geworden waren. Es wehte ein frischer Wind, und er schlug den Kragen seiner Jacke hoch, um seinen Hals zu schützen.

„Ich glaube, dass der Ursprung meines problematischen Gefühlslebens von der Tatsache herrührt, dass ich kein positives Modell hatte."

„Deine Eltern sind ein sehr schönes Paar", gab Armelle zu bedenken.

Virgiles Eltern mochten Armelle sehr. Jedes Mal, wenn sie nach Paris kamen, gingen sie an einem

Abend mit ihr essen. Sie war für sie so etwas wie eine eigene Tochter.

„Mein Vater wirft Messer auf meine Mutter“, sagte Virgile. „Entspricht das deiner Vorstellung von einem harmonischen Paar?“

„Das ist eine Zirkusnummer.“

„Ein unbewusster Mordversuch.“

„Das ist deine Interpretation. Wichtig ist doch, dass deine Eltern glücklich sind.“

„Mein Leben wäre einfacher gewesen, wenn sie etwas weniger glücklich und etwas normaler gewesen wären.“

Er war an diesem Morgen schlecht gelaunt aufgestanden. Er hatte nicht genug geschlafen, und so weit er sein Leben verstand, schien es ihm einfach nur jämmerlich zu sein. Armelle sagte ihm, dass er alles nicht so schwarzsehen sollte, und er verwünschte sie dafür, dass sie seine depressive Stimmung verdarb. Das negative Bild seiner Kindheit war ihm wichtig, denn es war ein wesentlicher Teil seiner Selbstkonstruktion. Es war schmerzlich für ihn zuzugeben, dass er keineswegs von einem so schädlichen Umfeld umgeben gewesen war. Gewiss, es war nicht alles rosarot gewesen: Es hatte ihm an Sicherheit, Stabilität, Normalität und Komfort gemangelt; er hatte an ungesunden Orten gelebt, der Zirkus roch nach Pferdeäpfeln, Schimmel und feuchten Betten. Aber seine Eltern waren ein

Paar voller Phantasie. Er entdeckte erst jetzt, dass sie ihm diese Stärke mitgegeben hatten. Dieser Schatz lag direkt vor seinen Füßen, und er hatte ihn nicht gesehen. Als er an seine Eltern dachte, sah er sie lachend vor sich. Das war das erste Bild, das ihm in den Sinn kam.

„Ich hätte auch ein Modell abgeben können", sagte Armelle, die fest entschlossen war, ihn seinen Grübeleien zu entreißen.

„Du siehst deine Freundin nur einmal pro Woche. Ihr lebt nicht zusammen."

„Und du meinst, das widerspricht einer international geltenden Vorschrift? Du hast ja nichts als starre und blödsinnige Prinzipien im Kopf."

Das Gespräch nahm eine Wendung, die Virgile nicht gefiel. Noch dazu hatte Armelle dabei die Kontrolle an sich gerissen.

„Dein Zug fährt gleich", sagte er und sah auf seinem Handy nach der Uhrzeit.

Selbst wenn er es niemals zugegeben hätte, war er neugierig, was sie zu sagen hatte.

„Meiner Meinung nach sind all deine Liebesgeschichten fehlgeschlagen", fuhr Armelle fort, ohne seiner Bemerkung Aufmerksamkeit zu schenken, „weil du diese Frauen nur aus einem einzigen Grund geliebt hast: Du hast gehofft, ein normales Leben zu führen."

Nach einem Blick auf den Betrag der Rechnung kramte Virgile in seiner Tasche; er legte einen Schein auf seine Untertasse. Natürlich, sie hatte recht, aber er hatte nicht vor, das heute zuzugeben.

Seine Freundin riss alte, vernarbte Wunden auf. Ihm war es wichtig, dass diese Wunden verbunden waren. Er erinnerte sich nicht, jemals ohne Verband gelebt zu haben. Wir steuern im Leben hin und her zwischen den Schmerzen, die man uns zufügt, und jenen, die wir uns selbst zufügen. Eines Tages bemerken wir, dass es die gleichen sind.

„Es gibt da noch ein weiteres Problem", sagte Armelle.

Virgile schloss die Augen, als könnte ihn das visuelle Verschwinden seiner Freundin vor dem schützen, was sie ihm jetzt gleich verkünden würde.

„Du bist eifersüchtig."

„Ganz und gar nicht", sagte er ein wenig zu schnell.

„Warum hast du dann niemals darum gebeten, Anne-Elisabeth kennenzulernen?"

„Du hast mich auch niemals darum gebeten, meine Freundinnen zu treffen."

„Ich war eifersüchtig. Ich gebe es zu."

Virgile bebte vor Lust und Stolz.

„Wir haben eine geniale Beziehung", fuhr Armelle fort, „aber wir werden niemals zusammen sein. Wir bilden ein asexuelles und autarkes Paar."

„Das heißt, ein glückliches Paar."

Während Virgile diesen Satz aussprach, begriff er, dass nichts hätte treffender sein können, aber dass dies auch ein Problem war. Glücklicherweise würde Frau Doktor Zetkin in zwei Wochen wieder da sein.

„Ich will, dass du die Frau kennenlernen möchtest, die ich liebe", sagte Armelle.

„Und du, willst du Clara treffen?"

„Wenn es dir gelingt, ihre Existenz zu beweisen, wäre es mir ein Vergnügen."

Die Spannung in der Unterhaltung löste sich. Ein langer Augenblick des Schweigens stellte sich ein. Die beiden Freunde waren durch diese Enthüllungen aufgewühlt. Ein Lastwagen parkte vor dem großen Blumenhändler an der Ecke des Boulevards. Die Blumen waren zu Bündeln zusammengeschnürt. Sie sahen beinahe aus wie hunderte schöne, in Fesseln gelegte Gefangene. Virgile stand auf und machte sich auf die Suche nach dem Blumenhändler. Er reichte ihm einen Schein und kehrte mit einem Strauß Sonnenblumen zurück. Er mochte das Missverhältnis zwischen ihrem Kopf und ihrem Körper, ihre Unbeholfenheit und die fröhliche Schlichtheit ihrer großen gelben Blütenblätter.

„Für Anne-Elisabeth", sagte er und reichte Armelle den Strauß.

„Das ist wundervoll", antwortete sie glückselig. „Wir könnten einmal alle drei zusammen essen gehen."

Du bist großartig, dachte Virgile über seine Freundin. Ihre Intelligenz strahlte förmlich auf ihrem Gesicht.

„Wir brauchen nichts überstürzen", sagte er.

Armelle legte ihr Tarot-Spiel auf den Tisch und schob es zu Virgile hinüber. Dieser war der Meinung, dass er sich nun den Einfällen einer Séance durchaus überlassen konnte. Er zog eine Karte. Gerade als er sie aufdecken wollte, schob Armelle sie zurück in das Kartenspiel.

„Darf ich nicht sehen, welche Karte ich gezogen habe?"

„Du bist zu ungeduldig."

Armelle besaß die Fähigkeit, die Zeit anzuhalten. Sie stellte die Unterhaltung ein und sah ihren Gesprächspartner mit ihren faszinierenden Augen an. Ein Lächeln lag auf ihren Lippen. Man wusste nie, ob sie nachdachte oder ob sie der Person ihr gegenüber die Gelegenheit gab, wieder einen klaren Kopf zu bekommen. Während dieser Pause dachte Virgile, dass sie wie zweieiige Zwillinge waren. Sie kannten einander so gut. Er konnte auf sie ebenso zählen, wie sie auf ihn zählen konnte. Armelle war sein einziger sicherer Hort.

„Ich bin nicht sicher, ob es eine gute Idee ist, Clara zu suchen", sagte sie schließlich. „Du solltest dich eher bemühen herauszufinden, warum du dich nicht an sie erinnerst, und nicht so sehr, warum sie gehandelt hat, wie sie gehandelt hat. Das eigentliche Rätsel ist deine Amnesie. Wie kommt es, dass du eure Begegnung auf diesem Fest vergessen hast?“

„Ich hatte getrunken.“

„Drei Gläser Punsch.“

Armelle schnitt ihm jede Ausrede ab. Er hob beschwichtigend die Arme.

„Ich weiß – das reicht nicht aus, um meine Gedächtnislücke, meinen Gedächtnisabgrund zu erklären“, gab er zu.

Es war ein guter Rat, den Grund für dieses Phänomen zu begreifen zu versuchen. Es war nicht notwendig und wohl auch nicht wünschenswert, Clara hinterherzujagen. Armelle war eine kluge Wahrsagerin. Virgile erinnerte sich daran, dass Orpheus die geliebte Frau verliert, gerade weil er sie so ungeduldig wiedererlangen möchte. Untröstlich weist er daraufhin alle anderen Frauen zurück. Am Ende wird er von den Mänaden zerfleischt. Aber Clara war nicht Eurydike, sie war nicht passiv und wartete nicht darauf, dass er sie befreite.

Armelle nahm den Blumenstrauß in die Hand und stand auf. Virgile trug ihre Tasche. Sie gingen in den Bahnhof hinein. Armelles Zug wurde bereits auf der Tafel der abfahrenden Züge angezeigt. Virgile begleitete sie bis zu ihrem Wagen. Es lag etwas Zärtliches und Natürliches in ihren Umarmungen, ohne Hintergedanken. Sie waren in diesem Augenblick nicht wie Bruder und Schwester, eher wie zwei junge Katzen.

Virgile schlug den Weg zum Boulevard Magenta ein. Er hatte noch Zeit genug, bei sich zu Hause vorbeizugehen, bevor er Maud treffen würde. Er hatte die junge Frau gedrängt, dass sie sich am heutigen Morgen sehen müssten, und sich einen Tag freigenommen.

Virgile erinnerte sich an eine Lebensweisheit, die ihm sein Vater mit auf den Weg gegeben hatte: Es war wichtig, gute Schuhe zu tragen. Er hatte ihm geraten, sich, sobald er Geld hätte, strapazierfähige Schuhe zu kaufen (englische, wenn irgend möglich), auf die er zählen konnte und die sich nicht abnutzten, denn mit guten Schuhe kann man gehen, man hat einen Platz auf dieser Erde („Sie sind ein Haus für die Füße", sagte er), und das Gehen hilft schließlich beim Denken, deshalb, so schloss sein Vater, such dir gute Schuhe aus, wenn du gute Gedanken haben willst.

An der Ecke des Boulevards und der Rue du Faubourg-Saint-Denis kaufte Virgile in einer Bäckerei einen Becher Tee zum Mitnehmen. Er tauchte den Teebeutel nicht in den Becher hinein und trank lediglich einen Schluck heißes Wasser.

Als er zu Hause ankam, fand er eine Postkarte seiner Eltern. Der Zirkus gastierte in Provins. Ihre schlichten, auf die Rückseite einer Aufnahme des *Tour César* („achteckiger Wehrturm auf viereckigem Grundriss aus dem zwölften Jahrhundert", hieß es in der Legende) geschriebenen Worte rührten ihn. Er zog eine breite Schublade seines Einbauschranks auf und legte die Karte in das Album, in dem er all ihre Post sammelte.

Eine Ecke des Zirkusplakates über dem Sofa hatte sich gelöst. Virgile stieg auf die Lehne und brachte ein Stück Tesafilm an. Auf dem rot-goldenen Plakat waren Akrobaten, Sterne und ein Zelt zu sehen. Wie ein Seiltänzer tänzelte ein Elefant auf einem Seil entlang.

Auf eine gewisse Anzahl von Frauen übte Virgile nur dann eine Anziehungskraft aus, wenn er an Liebeskummer litt. Das war oft der Fall, und daher fanden ihn gerade die so bezaubernd neurotischen Frauen ganz nach ihrem Geschmack. Maud trug in diesem Zusammenhang unumstritten die Goldmedaille für Ausdauer davon. Die junge Frau hatte versucht, das Treffen in ihrer Wohnung mit Blick auf den Park Buttes-Chaumont zu vereinbaren. Virgile, der die Räumlichkeiten bei vergangenen Festen kennengelernt hatte, erinnerte sich an das einladende, riesige Bett, die reizvolle Einrichtung, ihren winzigen buddhistischen Tempel, den Ventilator im Kolonialstil und den am Küchenfenster hängenden Lavendelstrauß. Das Badezimmer entzückte ihn mit seinen Farben und Düften, den Naturkosmetik-Produkten von Dr. Hauschka, Diptyque, Nuxe und Cattier, den Cremes mit Hamamelis, Rose und Karité-Butter, den Seifen mit Quittenextrakt, dem Tonerde-Shampoo, den zahlreichen kleinen Flakons mit natürlichen Essenzen, dem Schaumbad mit Rosskastanie, der nach Beeren duftenden Kerze und den am Spiegel hängenden Abschmink-Wattepads aus reiner Baumwolle. Er hätte Stunden in diesem sauberen, strahlenden und beruhigenden Badezimmer verweilen können. Mauds Wohnung war eine Gefühlsfalle. Virgile hatte daher darauf beharrt, das Treffen in ein Café am Jardin du Luxembourg zu verlegen.

Ein offenkundiges Zeichen seiner unruhigen Gemütsverfassung war, dass Virgile stets überpünktlich zu seinen vereinbarten Treffen erschien (sei es mit Freunden, Geliebten, Ärzten oder im Berufsleben). Die Pünktlichkeit war eine rote Linie, von der er nicht abwich; die Vorstellung, zum verabredeten Zeitpunkt nicht präsent zu sein, ängstigte ihn, als würde eine Verspätung, so gering sie auch sein mochte, nicht nur ein einfaches Fehlverhalten, sondern einen wahrhaftigen Verrat bedeuten. Im Zuge der großen Reform seiner selbst, die ihm mehr Gelassenheit bescheren sollte, übte er sich darin, nicht mehr ganz so viel zu früh zu erscheinen wie bisher; er hoffte, dass er in absehbarer Zeit fähig sein würde, sich eine maßvolle Verspätung ohne psychische Folgen zu erlauben.

Wenigstens zog er Nutzen aus seiner Neurose: Sein zu frühes Eintreffen erlaubte es ihm, sich mit dem Café vertraut zu machen und die Notausgänge auszuspähen. Er setzte sich an einen von der Bar so weit entfernten Tisch, dass er nicht von dem dort zwischen dem Besitzer und einem Kunden hitzig geführten Gespräch belästigt wurde, und bestellte einen grünen Tee.

Der späte Vormittag eines Wochentages ist der beste Zeitpunkt, um das einfache Glück zu genießen, das sich bietet, wenn man sich in einem Café niederlässt. Die Dekoration erinnerte an einen mittelalterlichen Speisesaal. Eine Rüstung hütete den Eingang, ein roter Vorhang trennte das eigentliche Café von den Küchenräumen, ein Sofa stand vor einem großen Kamin. Virgile machte sich Notizen auf einer Papierserviette, denn er dachte darüber nach, was er sagen und wie er die Telefonnummer von Clara herausbekommen würde.

Jede Verabredung war eine Quelle der Angst. Er verbrachte die vorausgehenden Stunden damit, sich vorzubereiten, sich aufzuwärmen und Gesprächsthemen zu finden. Unglücklicherweise bot sein eintöniges Leben nicht viele Gelegenheiten zum Zwiegespräch. Virgile war davon überzeugt, dass die menschlichen Wesen einzig und allein deshalb zusammen ausgingen, heirateten, neue elektronische Geräte kauften und Kinder bekamen, um sich ausreichend mit Themen für vertrauliche Gespräche zu versehen. Er schwieg auch gerne und beobachtete, was die Person ihm gegenüber aus seinem Schweigen machte; ob sie es beachtete oder es eilig zerschnitt.

Alle männlichen Blicke im Café richteten sich auf Maud, als sie hereinkam. Sie trug einen Schottenrock und schwarze Kniestrümpfe, Absatzschuhe und einen dunkelgrünen Pullover mit V-Ausschnitt, ihr lose zurückgebundenes Haar fiel auf ihre Schultern herab. Die Seiten wurden nicht mehr umgeblättert, die kleinen Löffel erstarrten in den Getränken, die Zeit stand einen Augenblick still. Mauds Parfum riss Virgile aus seinen Gedanken. Sie küssten sich zur Begrüßung und tauschten zunächst ein paar belanglose Neuigkeiten aus. Maud fing den Blick des Kellners auf und bestellte einen frisch gepressten Orangensaft.

Virgile schnitt das Thema Clara nicht sofort an, um Maud nicht den Eindruck zu vermitteln, sie sei nur Mittel zum Zweck. Gleichzeitig wollte er ihr diese verrückte Idee nehmen, mit ihm schlafen zu wollen. Um Frauen zu entmutigen, die ihn umwarben, beherrschte Virgile zwei Monologe von durchschlagender Wirkung. Der erste ließ sich unter dem Titel fassen: „Es gibt vier Arten von Tauben in Paris und nicht nur eine, wie man gewöhnlich glaubt." Nach dieser Abhandlung hatte ihn noch keine einzige Frau jemals um seine Telefonnummer gebeten. Maud gegenüber beschloss er, seine zweite Rede einzusetzen, die sich mit der Apoptose beschäftigte. Er nahm einen Schluck Tee und begann, über dieses faszinierende Phänomen zu sprechen: Die Zellen unseres Körpers bringen sich unaufhörlich selbst um. Sobald sie nicht mehr dazu in der Lage sind, sterben wir.

„Das bedeutet paradoxerweise", schloss Virgile, „dass der Selbstmord unser eigentliches Leben ist."

„Hast du mich angerufen, um mit mir über Biologie zu sprechen?", fragte sie und beugte sich zu ihm vor.

Virgile bemerkte den herzförmigen goldenen Anhänger an ihrer Halskette; dann fiel ihm mit einem Mal auf, wie vollkommen schön Maud war. Es war idiotisch, aber würde er jetzt mit Maud schlafen, so würde das für ihn einem Betrug an Clara gleichkommen. Sie waren nicht zusammen gewesen, also müsste er eigentlich frei sein, er wusste jedoch, dass er untreu sein würde, wenn er mit einer anderen Frau ins Bett ginge. Er hing an dieser Unbekannten. Virgile dachte an Odysseus und die ihm auferlegten Prüfungen und Versuchungen, bevor er Penelope wiederfand. Trotz der Brüste von Maud, trotz ihrer Lippen, ihrer Augen und ihres Nackens hatte er nicht die Absicht, der Versuchung jetzt nachzugeben. Und außerdem wäre es sicher enttäuschend, mit ihr zu schlafen, da man Zeit braucht, um sich gut mit dem Körper des anderen zu fühlen. Er war zu perfektionistisch, als dass ihn Verrenkungen mit einer Unbekannten zufriedengestellt hätten.

„Sie ist keine Unbekannte", hatte ihm Armelle einmal entgegnet, während sie ihre Einkäufe auf dem Markt bei *Barbès* unter der überirdisch verkehrenden Métro erledigten. „Du kennst sie seit Jahren."

„Gefühlsmäßig betrachtet ist sie eine Unbekannte."

„Es liegt nur an dir, sie besser kennenlernen zu wollen."

Virgile hatte viel nachgedacht und das Für und Wider abgewogen. Er war zu dem Schluss gekommen, dass das einzige Hindernis für ein tatsächliches Abenteuer mit Maud ihre große Schönheit war. Maud war eine Göttin der Liebe, ein Konzentrat an Sinnlichkeit, eine Einladung zur Lust. Es hatte etwas Verrücktes, dass eine so großartige Frau ihr Augenmerk auf ihn richtete. Er hatte aus dem gleichen Grund nicht mit ihr geschlafen, aus dem er nicht in feine Restaurants ging und sich nicht in den schicken Boutiquen einkleidete: Sie war zu gut für ihn. Zum ersten Mal wurde ihm das Anachronistische dieses Gefühl klar. Er war nicht mehr der arme Junge, der mit einem heruntergekommenen Zirkus von Stadt zu Stadt tingelte. Nicht mit Maud zu schlafen, das war die reine Unvernunft gewesen. Diese schöne, intelligente Frau bedrängte ihn seit Jahren. Romantische Schwärmerei, Schamhaftigkeit oder Sprödigkeit – er hatte ihre Avancen nicht erwidert. Heute bedauerte er es, seine Chance vertan zu haben, die Zartheit ihrer Haut kennenzulernen. Vage sah er vor sich, wie sie einander berührt hätten; er stellte sich vor, wie er sie entkleidet, umarmt und liebkost hätte.

Mehrmals wäre es möglich gewesen, mit Maud zu schlafen (nach einem Abendessen mit Freunden bei ihr zu Hause, als sie ihm vorgeschlagen hatte, bei ihr zu bleiben, um ihm ihre Sammlung alter Filme zu zeigen; nach dem Feuerwerk am 14. Juli, als sie sich in Paris herumirrend getroffen und beinahe ein Hotelzimmer genommen hatten; bei einer Entspannungsmassage mit Calendulaöl). Aber Virgile hatte nie gefunden, dass die Möglichkeit, mit ihr zu schlafen, ein ausreichender

Grund war, es auch zu tun. Im Gegenteil: Die Leichtigkeit, mit der er das Bett mit Maud hätte teilen können, schreckte ihn ab. Virgile musste vertraut werden, er brauchte das Gefühl, dass die Frau, die ihn begehrte, nicht gleich mit ihm schlafen wollte, sondern mit ihm plaudern, in eine Ausstellung gehen oder über einen Film reden wollte. Der Sex war das Dessert nach einem mehrgängigen Menü. Diese Haltung hatte zur Folge, dass sowohl die Frauen, die es besonders eilig hatten, als auch die nicht so beharrlichen das Weite suchten – von denjenigen, die seine Zurückhaltung für Desinteresse hielten, ganz zu schweigen.

Natürlich – soviel war ihm klar – bereute er nur deshalb, nicht mit Maud geschlafen zu haben, weil er es sich künftig untersagte. Das war typisch für seine Art zu funktionieren. In jedem Fall hatten sie nicht viel gemeinsam. Selbst wenn sich ihre Wege regelmäßig kreuzten, waren sie keine engen Freunde: Maud verbrachte ihre Freizeit damit zu feiern, zu trinken, zu tanzen und alle möglichen halluzinogenen Substanzen zu konsumieren. Er ging hin und wieder gerne etwas mit ihr trinken, aber das war auch schon alles.

„Also, arbeitest du immer noch in der Werbung?“, fragte Maud.

Sie kannte die Antwort; sie versuchte, Virgile aus seinen Überlegungen zu reißen und ihn auf vertrautes Terrain zu führen.

Virgile verspürte keinerlei Scham über seinen Beruf, und dennoch kam seine Antwort ihm vor wie ein Geständnis. Gerade Maud brauchte ihm aus ihrer Position heraus keine Vorhaltungen zu machen: Sie war Tierärztin in einem großen pharmazeutischen Labor, sie musste ihre Tage damit zubringen, elektrische Kabel unter den Lidern von Schimpansen zu fixieren und ihnen zwangsweise Prototypen von Medikamenten gegen Meningitis, Hämorrhoiden und Gürtelrose zu verabreichen. Diejenigen, die die Werbung kritisieren, tun dies oft mit einer großen Heuchelei, denn wie alle anderen auch verwenden sie in ihren persönlichen und beruflichen Beziehungen alle Tricks und Instrumente der Werbung, um zu begeistern, zu verführen und zu gewinnen. Die Werbung ist die Basis der menschlichen Beziehungen; unablässig betreiben wir Reklame in eigener Sache.

„Versteh mich nicht falsch, aber du hast wirklich gute Ideen. Es ist schade, dass du sie für so etwas benutzt."

Sie betonte das „so etwas", um ihn nachdrücklich auf die Anstößigkeit seiner Tätigkeit hinzuweisen. Diese Frau quälte Tiere, verbrachte ihre Samstagabende abgefüllt mit Ecstasy und Champagner und nahm es sich dennoch heraus, ihm eine Moralpredigt zu halten. Virgile wusste, dass sie es gut mit ihm meinte: Wie die meisten seiner Freunde verstand sie nicht, warum er bei Svengali arbeitete. Das passte nicht zu dem Bild, das man von ihm hatte.

„Ich werde vielleicht dort aufhören“, sagte er.

Er sah davon ab, den Grund für den Konflikt zwischen sich und der Geschäftsführung der Agentur preiszugeben.

Maud war nicht die Einzige, die ihm zuredete, seine Arbeit aufzugeben. Aber wofür? Armelle war der Meinung, dass er sehr gute Geschichten schreiben könnte. Er hatte Phantasie und Stil, es würde ihm leichtfallen, fürs Fernsehen, das Kino oder die Bühne zu schreiben. Bald würde er eine Entscheidung treffen müssen: Entweder blieb er bei Svengali, oder er musste etwas anderes finden, um seinen Lebensunterhalt zu bestreiten.

Maud wollte wissen, warum es mit Clara zu Ende gegangen war. Virgile sah nun die Gelegenheit, sich endgültig aus diesem lästigen Flirt herauszuwinden. Hat man erst einmal die dreißig überschritten, so ähnelt ein Rendezvous eher einem Vorstellungsgespräch. Man hat bereits genug schwierige Geschichten hinter sich und geht deshalb mit Vorsicht zu Werke. Dieses Mal will man sich nicht täuschen, also fragt man, horcht nach und wertet das kleinste beunruhigende Zeichen aus. Man hat sein Ziel fest vor Augen, wägt ab und macht im Zweifelsfall reinen Tisch. Virgile stellte sich darauf ein, jetzt ein schreckliches

Bildnis von sich zu entwerfen. Er ergötzte sich daran, die Verhaltensregeln eines nach Liebe Suchenden zu missachten.

„Wie hast du dich mit ihr gefühlt?“, fragte Maud und stützte ihr Kinn erwartungsfroh auf ihre Hände; sie rechnete mit einer romantischen Antwort.

„Unwohl“, erwiderte Virgile. „Das Zusammensein als Paar macht mich fertig. Es ist einfach zu anstrengend.“

Maud war überrascht. Sie runzelte die Stirn und sah ihn an, als hätte er sich in eine fette, allen Hygienevorschriften spottende Kakerlake verwandelt. Sie vergnügte sich mit dem zwischen ihrer Zunge und ihren Lippen steckenden Strohhalm, dann fragte sie ihn nach ihrem Sexualleben als Paar.

„Um ehrlich zu sein“, sagte Virgile und senkte die Stimme, „habe ich mich mit ihr ziemlich gelangweilt. Und sie fand mich unerträglich.“

„Meiner Meinung nach“, entgegnete Maud in der Hoffnung, ihr positives Bild von Virgile zu retten, „hat sie sich ungeschickt angestellt.“

„Dafür bin ich ganz allein verantwortlich. Ich war einfach jämmerlich.“

Maud konnte ihre Enttäuschung nicht verbergen. Virgile glaubte, dass dieser Dämpfer ausreichen musste, um ihr den Appetit auf ihn zu verderben. Nachdem er damit nun seinen Beitrag zur Unterhaltung geliefert und zudem so manches enthüllt hatte, gestand er sich das Recht zu, Fragen nach Clara zu stellen.

„Kennst du sie eigentlich schon lange?"

„Sie ist die Schwester von Quentin. Kennst du Quentin?"

„Nein."

„Das ist mein Freund. Vor ungefähr zehn Tagen hat sie ihn gebeten, mir zu sagen, dass sie dich verlässt, und ich habe die Information an Faustine weitergegeben. Genau. Ich bin nur eine unschuldige Botin."

Maud war verliebt. Virgile hatte sich geirrt. Er richtete sich auf seinem Sitz auf und bestellte ein Glas Wein: Der Alkohol würde ihn enthemmen, ohne dass er Gefahr lief, in einem Hotelzimmer zu enden. Das vernichtende Porträt, das er von sich geliefert hatte, würde ihn wahrscheinlich auf lange Zeit verfolgen, denn Maud war niemand, der Klatsch lange für sich behielt.

„Und ich hatte gedacht, du wolltest mich verführen", sagte Virgile.

Maud lächelte ihn an und biss sich auf die Unterlippe, als hätte man sie bei einer entzückenden und belanglosen Dummheit erwischt.

„Ich habe immer gewusst, dass da keinerlei Gefahr besteht", gestand sie. „Du warst wie ein homosexueller Freund, nur heterosexuell."

„Wolltest du nicht mit mir schlafen?"

„Nein, tut mir leid."

Virgile schossen all die Gelegenheiten durch den Kopf, bei denen er gedacht hatte, sie hätte ihm Avancen gemacht. Er kam sich vor wie ein Idiot. Es war demütigend. Das vermeintliche Interesse von Maud hatte ihm Selbstvertrauen gegeben. Nun fühlte er sich so begehrenswert wie eine Rundschwanzsirene. Er war noch erbärmlicher, als er gedacht hatte. Der Kellner stellte das Glas im richtigen Augenblick vor ihm ab. Das brauchte er jetzt. Nach zwei Schlucken nahm er seine Fragen wieder auf.

„Wie findest du sie?"

„Ich kenne sie nicht sehr gut. Ich interessiere mich für ihren Bruder, der Rest der Welt spielt daneben kaum eine Rolle. Mein Gehirn schwimmt in Endorphinen."

„Magst du ihre Haarfarbe?", unternahm Virgile einen weiteren Versuch.

Wenn er physische Details, so gering sie auch sein mochten, zusammentrug, würde das Phantom von Clara immerhin etwas Gestalt annehmen. Aber Maud ging nicht auf das Spiel ein:

„Die Frage habe ich mir nie gestellt. Hat sie, als ihr zusammen wart, nicht gesagt, was Quentin über mich denkt?"

Ihre Augen strahlten. Die Geschichte war noch so frisch. Maud war ganz hingerissen von Quentin.

„Wir haben nicht über dich gesprochen und auch nicht über ihren Bruder“, sagte Virgile.

Er kannte weder ihren Familiennamen, noch ihre Adresse oder ihre Telefonnummer. Clara war zum Greifen nahe und doch unerreichbar, wie in jenen Träumen, in denen man etwas hinterherjagt, ohne es jemals zu fassen zu bekommen.

„Und was treibt dieser wunderbare Quentin so in seinem Leben?“, fragte er verdrossen.

„Er schreibt Kinderbücher.“

Sie nannte fünf Titel und den Namen des Verlages. Sie sprachen über dies und jenes. Maud erzählte von Quentin, ihrem Wunsch nach einer neuen Wohnung und nach Kindern, und Virgile erzählte von seiner möglichen beruflichen Neuorientierung. Dann verabschiedeten sie sich voneinander.

Virgile schlenderte den Boulevard Saint-Michel hinunter und bog in die Rue Racine ein, wo eine Buchhandlung lag. Der Buchhändler fand über die Buchtitel rasch den Familiennamen von Quentin heraus. Jetzt brauchte er nur noch im Telefonbuch die Adresse von Clara suchen. Virgile hatte nicht die geringste Ahnung, was er ihr sagen sollte, wenn er ihr gegenüberstünde, und er zog es auch vor, nicht daran zu denken.

Virgile erreichte die Hausnummer neun auf dem Boulevard Pereire. Die Ziffer war über der mächtigen Eichentür mit ihren beschlagenen Füllungen in den Stein gemeißelt. Unter einem Maskaron, der Fratze eines steinernen Löwenkopfes, hatte der Architekt die Signatur seines Namens hinterlassen. In der dritten Etage übte gerade jemand bei geöffnetem Fenster ein Stück aus Bartoks Stückesammlung *Für Kinder*. Die wenigen Passanten auf dieser von Haussmann erbauten Verkehrsachse waren elegant gekleidet, gut frisiert, hielten sich aufrecht und trugen das Kinn leicht erhoben. Als Virgile in Paris ankam, hatte er den Trubel, die Menge, die Terrassen und die Musiker in der Métro geliebt. Aber nach und nach hatte er bei sich einen Gefallen an der Ruhe der breiten menschenleeren Gehsteige entdeckt, wo er nicht Gefahr lief, einem seiner Freunde zu begegnen oder jemandem, mit dem er gerne befreundet wäre.

Dieser Urlaubstag kam wie gerufen. Virgile hatte den Eindruck, er würde die Schule schwänzen.

Der Hausmeister trug einen langen weißen Bart und hatte einen krummen Rücken. Er teilte Virgile mit, dass Clara umgezogen war. Außerdem war die Wohnung noch zu vermieten. Er schlug ihm vor, sie zu besichtigen. Sie lag in der dritten Etage, der Lieblingsetage von Virgile – hoch genug, um die Geräusche des Autoverkehrs abzuhalten, tief genug, um dem Schwindel vorzubauen.

So entzog sich Clara also ein weiteres Mal, als wäre es ihre Natur, ungreifbar zu sein. Virgile dachte an die Windhundrennen und an den auf Räder montierten Hasen, hinter dem die aufgepeitschten Hunde auf die Ziellinie zujagen. Er fragte sich, ob Clara nicht ein Trugbild war, das ihm sein Handeln und Denken aufzwang.

Claras Umzug frustrierte und erleichterte ihn gleichermaßen. Es enttäuschte ihn, dass er die Person nicht ausfindig machen konnte, die diese Farce angezettelt hatte. Und gleichzeitig war er erleichtert, dass diese Geschichte nicht zu Ende war, dass sie ihre Dynamik und ihr Geheimnis behielt. Intuitiv spürte er, dass es zu früh war, um das Buch zuzuschlagen; er hatte Lust, das Abenteuer fortzusetzen. Und außerdem wurde er gewahr, dass er Angst hatte, sie zu finden, Angst, enttäuscht zu werden, Angst, sie zu enttäuschen.

Die Wohnung war leer; nicht ein Möbelstück war zurückgeblieben, der Umzug war tadellos erledigt worden. Man hätte sie auch für den Schauplatz eines vollkommenen Verbrechens halten können, keine Leiche, keine Indizien und womöglich auch kein einziger Fingerabdruck. Weiße Rechtecke auf den grauen Wänden verrieten, wo früher Bilder und Plakate gehangen hatten. Kleine runde, mit Putz zugestopfte

Löcher offenbarten die Stellen, an denen Regalbretter angebracht gewesen waren. Virgile bemerkte die Spuren von Beinen eines Bettgestells auf dem Fußboden, den Umriss einer Kommode an einer Wand, die staubige Kontur eines Spiegels. Über diese Negative rekonstruierte er die genaue Anordnung der Möbel in der Wohnung. Er schnupperte in allen Winkeln des Badezimmers, um vielleicht den Hauch eines Parfums, eines Shampoos oder eines Nagellacks von Clara zu erhaschen, aber die Wohnung war desinfiziert und gelüftet worden; Virgiles Geruchsnerven erhielten keine Nahrung.

Virgile war erstaunt. Er hatte sich vorgestellt, dass sie an einem politisch korrekteren Ort wohnen würde. Noch nie hatte er ein Mädchen geliebt, das in einem so bürgerlichen Arrondissement wohnte. Nicht ein einziger seiner Freunde lebte hier. Es war eine andere Welt. Wie konnte eine Person von weniger als sechzig Jahren hier leben? Vielleicht gehörte die Wohnung ihrer Großmutter aus der Provinz, vielleicht hatte sie eine Mitbewohnerin gehabt, vielleicht war sie so empfindlich, dass sie den Lärm und die Menge nicht ertrug. Er war glücklich, dass sie nicht der Frau ähnelte, die er sich hätte vorstellen können. Sie widerlegte die Klischees und Vorurteile. Das gefiel ihm.

„Wie war die Mieterin?“

Unwirsch, da Virgile ihm seine Zeit stahl, erklärte der Hausmeister ihm, dass er sich um drei Wohnblöcke mit jeweils zwanzig Wohnungen kümmerte, in denen manchmal recht große Familien lebten. Da mehr als einhundert Personen hier wohnten, kannte er vor allem diejenigen, mit denen es Probleme gab.

„Die, die große Hunde haben, und die, die ihre Musik zu laut aufdrehen", führte er aus.

Dann brummte er etwas vor sich hin, gab ihm die Schlüssel und ging wieder hinunter. Virgile verweilte noch einen Augenblick und ging in der Wohnung auf und ab. Er atmete tief ein und hielt die Luft in seinen Lungen fest, genau so wie er es bei einem Haschischjoint getan hätte, um seine Wirkung auszukosten. Er legte sich an die Stelle, wo das Bett gestanden hatte, rollte auf die Seite und tat so, als würde er jemanden in seine Arme schließen; er presste das unsichtbare Wesen fest und zärtlich an sich. Er öffnete den Mund und fuhr sich mit der Zunge über den Rand der Lippen. Eine heftige, ausstrahlende Wärme nistete sich in seinem Körper ein, als wäre die unsichtbare Person, die er in seinen Armen hielt, zum Leben erwacht; er fröstelte und bemerkte, dass er einen Steifen bekommen hatte. Die Wahrnehmung der Erektion riss ihn aus seinem Tagtraum.

Erschöpft und entmutigt kehrte Virgile zu sich nach Hause zurück und ließ sich auf das Sofa fallen. Er bestückte seinen Radiowecker mit Batterien. Näselnde, vertraute Stimmen beruhigten ihn. Die Journalisten hielten die Informationsmaschinerie in Gang und hauchten ihr Leben ein: Der einzige Nutzen ihrer Worte war prophylaktischer Art. Armelle war der Meinung, dass die Denk- und Redeweisen der Journalisten, Meinungsforschungsinstitute und Politiker der Wahrsagerei und der Magie entlehnt waren. Die Wirtschaftskommentare sind nur Vorhersagen und Beschwörungen. Virgile schloss die Augen; er sah sie alle mit spitzen Hexenhüten und Zauberstäben hinter ihren Mikrofonen. Er goss den Rest der Flasche Faugères in ein Glas. Es gab nichts anderes zu trinken und gar nichts zu essen. Die Wohnung wirkte vernachlässigt.

Armelle war sicher schon mit Anne-Elisabeth zusammen. Er stellte sich vor, wie die beiden über die Mimram-Brücke zwischen Frankreich und Deutschland oder durch Beetreihen in einem botanischen Garten schlenderten. Dieser Gedanke heiterte ihn wieder etwas auf und besänftigte sein Gemüt. Er schwenkte den Wein in seinem Glas.

Ein Schlüssel drehte sich im Schloss der Wohnungstür. Virgile sprang vom Sofa auf, Panik erfasste ihn; er verschüttete den Wein auf den Boden. Ein Mann im Anzug betrat mit einem Schlüsselbund in der Hand die

Wohnung; hinter ihm folgten zwei Frauen mit wallender Haarmähne, die ins Gespräch vertieft waren und dabei rauchten. Ihre Überraschung, als sie ihn mitten im Wohnzimmer entdeckten, und ihre Ungezwungenheit beruhigten Virgile. Das waren keine Einbrecher.

„Was machen Sie hier?", fragte Virgile.

„Ich führe eine Wohnungsbesichtigung durch", antwortete der Mann und ließ die Schlüssel durch die Finger gleiten. Er ging um den Weinflecken auf dem Boden herum.

„Da muss ein Irrtum vorliegen."

Die beiden Frauen sahen sich in der Wohnung um. Sie taxierten die Räumlichkeiten, fuhren mit der Hand über die Tapete, betrachteten die Risse in der Decke, die Qualität der doppelwandigen Fenster, den Zustand des Fußbodens und der Rohrleitungen. Der Mann hielt es offenbar für sein Recht, in einen privaten Raum einzudringen. Er legte keinerlei Scham an den Tag. Virgile fühlte sich unbehaglich, gerade so, als wäre er nicht vorhanden, ein Nichts. Eine der Frauen schrie auf, als sie den Kühlschrank öffnete. Virgile hatte ihn immer noch nicht geleert. Der Verwesungsgestank war entsetzlich.

„Der Vormieter ist gestorben", flüsterte der Mann, so dass die beiden Frauen es nicht hören konnten.

„Ich bin nicht tot", entgegnete Virgile. „Ich habe mich getäuscht."

Der Moment der Überraschung währte nicht lang. Der Immobilienmakler war ausschließlich darauf aus, die Wohnung zu vermieten und seine Kommission einzustreichen, alles andere war ihm gleichgültig.

„Das ändert nichts“, sagte er, „der Mietvertrag wurde gekündigt.“

Virgile hatte dummerweise vergessen, den Eigentümer von seiner „wundersamen Heilung“ in Kenntnis zu setzen und ihn zu bitten, dem abgeschickten Kündigungsschreiben keine Beachtung zu schenken. Der Immobilienhändler schob den Obstkorb zur Seite, stellte seinen Koffer auf den Tisch, bevor er ihn öffnete und ein Blatt daraus hervorzog.

„Ich habe eine Vollmacht, die es mir erlaubt, die Vermietung vorzunehmen“, sagte er und reichte Virgile das Blatt. „Sie haben zwei Monate Zeit für Ihren Umzug.“

„Scheiße.“

Die beiden Frauen waren mit der Besichtigung zufrieden. Sie hatten versucht, es mit ihrer strengen Kleidung zu verbergen, aber Virgile wusste, dass sie Prostituierte waren. Sie waren sicherlich bereit, ein Vermögen für die Wohnung zu bezahlen. Die Eindringlinge verschwanden wieder. Virgile rief vergeblich den Eigentümer an, der nicht von dem Kündigungsschreiben absehen wollte. Einen Augenblick erwog Virgile, die Wohnung von Clara zu übernehmen. Aber dies würde seine Verwirrung nur noch steigern, und als Nächstes käme dann zweifellos die Psychiatrie. Wie es aussah, musste er sich auf die Suche nach einer neuen Wohnung begeben.

Die Sonne war untergegangen. Tastend suchte Virgile nach dem Höhlenforscher-Helm. Er schaltete die Stirnlampe ein. Er hatte Kopfschmerzen, er schnäuzte sich. Wilhelm Fließ, mit dem Freud eine seiner außergewöhnlichen, intensiven Freundschaften verband, dachte, dass die Männer – genau wie die Frauen – periodisch wiederkehrende Zyklen haben und sich ihre Regel durch Kopfschmerzen und laufende Nasen zeigt. Die Hypothese schien Virgile nicht aus der Luft gegriffen zu sein.

Er kauerte sich auf das Sofa, um an Clara zu denken. War das nicht die einzige aufregende und reale Sache in seinem Leben? Er bemühte sich, in die Erinnerung an den Abend ihrer Begegnung einzutauchen. Er sah den Wohnblock in der Rue Pernety in der Nähe der Post vor sich, den Lebensmittelladen, in dem er eine Flasche Wein gekauft hatte, Maud, die mit einer Halbliter-Bierdose in der Hand am Küchenfenster lehnte, Nadia, die mit ihrem Verlobten zu *Como dizia o poeta* tanzte, die makellosen Gesichter von Unbekannten, den Tabakdunst und Füße, die auf seine eigenen traten. Aber sein Gedächtnis stieß in dem ganzen Getümmel lediglich auf einen Schatten von Clara. Er sah noch einmal vor sich, wie er mit mehreren Leuten sprach, sich ein Glas Punsch einschenkte und von Faustine eine Zigarette erbat. Aber sobald er das Zimmer betrat, in dem er Clara begegnet war, erfüllte gleißendes Licht den Türrahmen und blendete ihn.

Vielleicht wollte sein Gehirn diese wenigen Minuten nicht preisgeben, um sie zu schützen; vielleicht wollte es diese Erinnerung nicht dem gewalttätigen Zugriff der Welt aussetzen und ihr Geheimnis auf immer wahren.

Er ging vor der Gare du Nord auf und ab. Als blätterte er im unerschöpflichen Katalog der Weiblichkeit, betrachtete er eingehend jede Frau, die seinen Weg kreuzte: Brünette, Blonde, Rothaarige, im Kostüm, in Jeans, mit Hut, Schleier, Halstuch, mit Handtaschen in unterschiedlichem Stil; sie trugen Lederstiefel, Sandalen, Turnschuhe; viele hatten ein Parfum aufgelegt, die meisten waren dezent geschminkt, ihre Augen waren blau, grün, grau, braun, verschiedenfarbig und von Brillen oder Kontaktlinsen geschützt; alle Größen und Altersstufen tauchten auf. Virgile hoffte, dass irgendein Detail seine Erinnerung an Clara wachrufen würde. Aber die Gesichter lösten nichts in ihm aus.

Er konnte Clara nicht sehen, und trotzdem waren es seltsamerweise die anderen Frauen, die von Tag zu Tag mehr von ihrer Realität einbüßten. Er drehte sich nicht mehr um, wenn sie an ihm vorbeigingen, und schenkte ihren Formen, Gesten oder ihrem wallenden Haar keine Beachtung mehr. Selbst die Frauen, die er einmal geliebt hatte, waren ihm weniger nahe als jene Clara, die er nicht kannte. Das unsichtbare Gesicht von Clara war weniger verschwommen als diejenigen seiner früheren Geliebten. Er hatte so viele Frauen geküsst, dass deren Worte und Gefühle nun ineinander verschwammen. Die Unsichtbarkeit von Clara hatte mehr Bedeutung und Gehalt als die Sichtbarkeit der übrigen Frauen.

Virgile hatte geglaubt, dass das Erinnerungsvermögen eine Funktion sei, heute wurde ihm bewusst, dass es eine Aktion war. Es gab so viele Dinge, die er nicht aufgezeichnet hatte, als hätte er sich mit einer Schere von der Wirklichkeit abgeschnitten, um sie in eine ihm genehme Form zu bringen. Das war eine wirksame Weise gewesen, die Welt bequem zu gestalten und die Richtigkeit seiner jeweiligen Wahl zu rechtfertigen.

Er hatte seine Begegnung mit Clara nicht nur vergessen, er hatte noch dazu in maßloser Weise das ganze Umfeld um sie herum in seinem Gedächtnis gespeichert – jenes Fest und all die vollkommen uninteressanten Leute dort. Das war das Symptom seiner Krankheit: Er hatte das einzig Interessante, das es zu sehen gab, unterdrückt, um die Details einer Welt und eines belanglosen Lebens zu behalten, die ihm gleichgültig waren.

Ein Schwindel erfasste ihn, und er setzte sich auf eine Bank am Boulevard. Er hatte seit dem Frühstück mit Armelle nichts mehr gegessen. Er hob die Hand, um ein Taxi heranzuwinken. Wenige Minuten später setzte er sich an einen Tisch im *Phô Dong Hu'o'ng* und bestellte eine Nudelsuppe.

Als Virgile am Freitagmorgen die Büroräume von Svengali betrat, reichte ihm das Faktotum am Empfang einen Umschlag. Der auf dickem beigefarbenem Papier mit Maschine geschriebene Brief legte ihm in väterlich wohlwollendem Ton nahe, Beförderung und Lohnerhöhung zu akzeptieren. In die Komplimente über die geleistete Arbeit mischte der Verfasser des Briefes, seines Zeichens Leiter des Personalwesens, recht unverhohlen Drohungen für den Fall einer Weigerung. Er erinnerte Virgile daran, dass er ihm seine erste Anstellung verdankte, obwohl ihm Erfahrung und Zeugnisse gefehlt hatten.

Virgile wusste nicht, was er ohne Svengali getan hätte (als nicht sehr optimistisch denkender Mensch sah er sich selbst als Kassierer, Verkäufer oder Straßenfeger vor sich), aber dass man ihm vorhielt, er sei etwas schuldig, erzürnte ihn aufs Äußerste. Man versuchte, Druck auf ihn auszuüben, indem man die Dankbarkeit und Wertschätzung ausnutzte, die er für Svengali und seine Geschäftsführer hegte. Virgile zerriss den Brief und nahm den Aufzug. Er wollte sich so rasch wie möglich in seine Arbeit stürzen, in jene wunderbare Welt, die für jede Anstrengung entschädigt. Das Arbeiten ermöglichte einen Zustand der Schwerelosigkeit; der Körper wiegt nichts, der Tod existiert nicht mehr, man hat seine Welt unter Kontrolle. Mit dem Gedanken, nun in den Genuss der Ruhe, der

Abgeschiedenheit und seiner Joghurtbecher zu kommen, betrat Virgile den Kreativ-Raum. Aber die sechs Stühle um den Tisch herum waren von Praktikanten und einem Teil der jungen Garde in der Agentur besetzt. Der einzige freie Platz befand sich am Kopfende des Tisches. Alle Gesichter drehten sich zu Virgile um. Eine Vielzahl von Grußworten prasselte auf ihn ein. Ein großer und hagerer Praktikant reichte ihm ein Glas Wasser. Offensichtlich hatte man eine Zusammenkunft einberufen, der er Leben einhauchen sollte. Die Direktion, vielleicht auch Simone, versuchte, ihn zu zwingen und ihm seinen Posten aufzudrängen. Virgile presste die Finger auf die Rückenlehne des Stuhls und schickte sich an zu sprechen, seufzte dann aber lediglich auf und verließ den Raum. Simone streckte den Kopf aus ihrem Büro heraus. Er antwortete nicht auf ihre Worte und verließ das Gebäude.

Er besaß so gut wie keine Kenntnisse über die Gewerkschaftsbewegung. Die Zirkusartisten haben keine Gewerkschaften, die sie gegen die Angriffe durch die Polizei oder die Niedertracht der Gemeindeverwaltungen verteidigen. Wenn Virgile dem Erbe der Zirkusleute hätte treu bleiben wollen, hätte er sich in die Rue de Vignobles im zwanzigsten Arrondissement begeben müssen, wo die Anarchistische Föderation ihren Sitz hatte. Aber in seiner Vorstellung war die CGT die Gewerkschaft, die am ehesten dazu in der Lage war, den sich abzeichnenden Kampf zu führen (er erinnerte sich gar an Artikel über ihre starken Arme, die nicht zögerten, Eisenstangen, Bolzen oder andere martialische Dinge gegen die Arbeitgeberschaft und ihre Milizen einzusetzen). Es war Virgile klar, dass er wie ein Herdentier handelte, indem er einer bekannten Vereinigung den Vorzug gab: Die rote Abkürzung war das Inbild der Gewerkschaftsbewegung in Frankreich.

Die Büros der Gewerkschaft lagen am Anfang des Boulevard de la Villette. Das eckige graue Gebäude mit der kahlen Fassade war offenbar dem Traum eines Architekten ohne limbisches System entsprungen. Die Ausstattung im Inneren war seit den Siebzigerjahren unverändert geblieben: Orangefarbene Sessel und ein apfelgrüner Tresen sowie das braune Linoleum auf dem Fußboden fanden zu einer überraschenden Ästhetik zusammen, die durchaus ihren Reiz hatte. Virgile begab sich zum Empfang. Hinter einem malvenfarben furnierten Schreibtisch nahmen drei Frauen Telefongespräche an und unterhielten sich dabei gut gelaunt miteinander. Virgile erklärte, dass er einen Konflikt mit seinem Arbeitgeber hatte. Man riet ihm, den Betriebsrat seines Unternehmens zu kontaktieren. Er antwortete, dass es an seiner Arbeitsstelle keinen Vertreter der Gewerkschaft gab. Die Sekretärinnen sahen ihn mitleidig an. Eine von ihnen füllte eine Karteikarte mit den Informationen aus und reichte sie ihm.

Eine große Holzskulptur, die an den mythischen, durch die Gewerkschaften organisierten Streik auf dem Haymarket in Chicago erinnerte, stand mitten im Wartesaal. Virgile setzte sich geduldig und blätterte in der Gewerkschaftszeitung und verwandten Magazinen. Man hatte ihn zwar freundlich empfangen, aber Virgile fühlte sich dennoch unwohl. Er hatte das Gefühl, eine Grenze überschritten zu haben: Die Gewerkschaft hatte den sowjetischen Einmarsch nach Ungarn unterstützt. Wenn seine Eltern und ihre Freunde von Virgiles Schritt erfuhren, würde sie das schmerzen. Um seine Verwirrung in den Griff zu bekommen, konzentrierte sich der junge Mann auf seine Lektüre. Die Zeitschrift berichtete von den jüngsten Kämpfen, den Besetzungen von Fabriken und den errungenen Siegen. Als rezitierte er ein Mantra, wiederholte er sich immer wieder, dass es richtig war hierherzukommen. Zweiunddreißig Minuten später rief man ihn auf.

Eine Frau in schwarzer Lederhose, bordeauxfarbener Bluse und einer Brosche in Form einer Biene auf der Brust bat ihn in ihr Büro. Sie las die Karte, die die Situation von Virgile in kurzen Worten darlegte. Auf dem äußeren Fenstersims verloren rote Rosen in einer Vase langsam ihre Blätter.

Die Frau griff nach den Arbeitsgesetzen und ein paar vor Akten überquellenden Ordnern; sie setzte ihre Brille auf und beruhigte ihn: Sein Arbeitgeber war verpflichtet, ihm eine Lohnerhöhung zu gewähren, sie zitierte eine Betriebsvereinbarung und sprach davon, einen Betriebsrat in der Agentur einzurichten.

„Ich glaube, Sie haben da etwas falsch verstanden“, unterbrach Virgile sie.

Sie sah ihn über ihre Brille hinweg an. Ihr Leben war eine Abfolge von Terminen mit entlassenen, geplagten oder unterbezahlten Arbeitnehmern, sie hatte sich in der Gewissheit, das Problem erkannt zu haben, darauf beschränkt, die Karteikarte von Virgile zu überfliegen. Nun hielt sie die Karte zwischen den Fingerspitzen vor sich hin und las sie aufmerksam durch.

„Sie wollen mich befördern und meinen Lohn erhöhen“, sagte Virgile.

Der Gesichtsausdruck der Frau veränderte sich. Der berufsübliche Ernst verschwand aus ihren Zügen und machte der Erschöpfung Platz. Sie nahm die Brille ab, ließ sich in ihren Sessel fallen und massierte ihr Gesicht.

„Wissen Sie, die meisten Leute wären begeistert.“

Virgile spürte, dass sie ihn für jemanden hielt, bei dem man unnötig Zeit und Energie verschwendete. Sie kontrollierte sich aber so weit, dass sie ihn nicht vor die Tür setzte.

„Sollen sie doch meine Erhöhung den meisten Leuten geben.“

„Das ist eine hervorragende Idee, aber ich glaube nicht, dass dies zur Debatte steht. Auf jeden Fall kann die Gewerkschaft Ihnen nicht dabei helfen, eine Lohnerhöhung abzulehnen."

„Aber es ist mein Recht", beharrte Virgile (er hatte Lust, mit der Faust auf den Tisch zu schlagen).

„Wo leben Sie denn? Wenn Sie keine Geldprobleme haben, dann genießen Sie es doch. Ihr Antrag ist geradezu eine Beleidigung."

Wie ein begossener Pudel fand sich Virgile wenig später auf dem Gehsteig wieder. Es regnete. Er fuhr sich mit der Hand durch die fettigen und feuchten Haare. Er klappte den Kragen seiner Jacke hoch und ging zur Bushaltestelle. Seit seiner Ankunft in Paris hatte er versucht, ein normales Leben zu führen, um die Entwurzelung und die Ängste seiner Kindheit zu bannen. Es war ihm einigermaßen gut gelungen, sich selbst und andere glauben zu machen, dass er sich integriert hatte und nicht ein Kind fahrender Gaukler war. Aber die Gewerkschaftsvertreterin hatte recht, er war eine Anomalie. Sein Verhältnis zu den anderen, seine emotionalen Bindungen, sein Beruf und sogar der Ort, an dem er wohnte – sein ganzes Leben war bizarr.

In Wahrheit hatte er tatsächlich seit Jahren verzweifelte Anstrengungen unternommen, um zu einer Normalität zu finden, die er im Grunde verachtete. Nun fiel die Maske, und er war nicht traurig darüber.

Es hatte kaum zu dämmern begonnen, als Virgile am frühen Samstagmorgen aus dem Schlaf gerissen wurde, weil Türen krachend aus ihren Angeln sprangen und Schlösser zerbarsten. Der Lärm näherte sich Etage für Etage bis zu ihm herauf. Virgile wurde hellwach, als die Schrauben seiner eigenen Tür klirrend auf die Kacheln fielen. Zwei Polizisten, ein Mann und eine Frau, tauchten in seinem Schlafzimmer auf; der Mann hielt eine Taschenlampe, die Frau eine Waffe in der Hand. Sie trugen marineblaue Dienstjacken und Armbinden.

„Guten Tag", brachte Virgile als Einziges über die Lippen.

Er blinzelte in den auf sein Gesicht gerichteten Lichtstrahl. Er hatte davon Abstand genommen, noch irgendetwas in seinem Leben begreifen zu wollen. Dass sich nun tatsächlich die Polizei in seinem Schlafzimmer einstellte, überraschte ihn nicht. Es war nur eine weitere Seltsamkeit auf der Liste der Absonderlichkeiten.

Der Polizist griff nach Kleidungsstücken in dem Karton von Salomé, warf sie zu Virgile hinüber und befahl ihm, sich anzuziehen. Der junge Mann murmelte, dass diese zu großen und zu bunten Kleidungsstücke nicht ihm gehörten. Der Polizist versetzte ihm einen harten Schlag auf den Hinterkopf. Virgile schlüpfte in eine rote Hose mit silbernen Sternen und ein weites Hemd in Regenbogenfarben.

Der rhythmische harte Schritt der Ordnungshüter auf den Treppenstufen und dem Boden ließ das Haus erbeben; seine Grundfesten schienen hinfällig, die Mauern dem Einsturz nahe. Etwa vierzig Polizisten waren in den Fluren und Treppen unterwegs. Sie holten die Prostituierten und ihre Kunden heraus und legten ihnen Handschellen an. Auf das Protestgeschrei und die Beteuerungen antworteten die Beamten mit Schlägen und Beleidigungen. Die kunterbunte Menge wurde in vier vor dem Bahnhof abgestellte Polizeiwagen verfrachtet. Es war früh, es gab keine Passanten, die Rollläden der Geschäfte waren noch heruntergelassen und die Fenster der Wohnungen noch dunkel. Die mächtigen Statuen an der Fassade des Bahnhofs, die die großen Zielorte der Züge darstellten, waren die einzigen Zeugen des Geschehens: Bewegungslos wohnten Brüssel, London, Berlin, Warschau, Amsterdam und Wien dieser Razzia bei. Einige Clochards schliefen vor dem Bahnhof.

Während man ihn vorwärtstrieb, versuchte Virgile zu erklären, dass er nichts mit dieser Geschichte zu tun hatte. Ein Beamter zerrte ihn nur umso mehr an seinen Handschellen vorwärts. In dem Polizeiwagen wurde gequengelt, geweint oder lautstark die Unschuld beteuert. Virgile hatte keinerlei Chance, sich Gehör zu verschaffen; er ließ sich gegen die Schulter seiner Nachbarin aus der dritten Etage sinken, eine Afrikanerin mit weißer Perücke. Ein Mann schluchzte in den Armen eines Transvestiten. Alle waren durch die Gewalt des polizeilichen Eingreifens wie benommen. Die Prostituierten und die Kunden waren zum größten Teil nur notdürftig bekleidet: in einen Morgenmantel gehüllt, die Hose ohne Gürtel, die Schuhe ohne Strümpfe, die Jacke über die bloßen Schultern geworfen. Die Polizeiwagen setzten sich in Bewegung. Virgile sah die Gare du Nord durch die vergitterten Scheiben verschwinden. Die Statuen der Fassade schienen ihnen zuzuwinken.

Als wollte man die Razzia geheim halten, ertönte keine Polizeisirene. Die Sache musste wichtig sein, denn man fuhr sie nicht zur Polizeiwache des Arrondissements, sondern zum Quai des Orfèvres auf der Île de la Cité, dem Sitz der Polizeipräfektur. Der große, gepflasterte Hof bot etwa zehn Polizeifahrzeugen sowie einigen unauffälligen Dienstwagen und einem Krankenwagen Platz. Es dämmerte gerade erst, die Laternen waren noch an.

Die Polizisten öffneten die Polizeiwagen. Es wurden zwei Gruppen gebildet: auf der einen Seite die Prostituierten; auf der anderen die Kunden. Ein Beamter befahl den Prostituierten, ihm zum Verhör in ein Gebäude zu folgen. Die Ausländerinnen ohne Papiere sollten ausgewiesen werden; die hier wohnhaften Frauen ein Bußgeld erhalten. Als die Prostituierten außer Sichtweite waren, wandte sich ein Polizeiwachtmeister den Kunden zu. Offenbar war es noch immer weniger verwerflich, die Hose herunterzulassen als die Beine breit zu machen; denn er verkündete ihnen, dass sie gehen konnten. Sie verließen den Hof durch den Torbogen, manche langsamen, manche eiligen Schrittes – die Hose mit einer Hand festhaltend, das Hemd im Wind flatternd.

Virgile blieb allein mitten auf dem Hof zurück. Seiner Gefährten beraubt, fühlte er sich nackt. Die Gruppe beschützte ihn nicht mehr. Die Polizisten sahen ihn eindringlich an, manche gaben einen Kommentar über sein Regenbogenhemd ab, über seine weite Sternenhose und sein verlorenes Aussehen. Ein paar Lacher ertönten.

Die Sonne ging auf. Es war der erste wirklich kühle Herbsttag. Virgile zitterte am ganzen Körper, er nieste. Nach und nach zerstreuten sich die Polizeibeamten und kehrten zu ihrem Dienst zurück. Virgile wühlte in seinen Taschen, aber er fand natürlich keine Brösel des Lapsang-Souchong-Tees und auch kein Anxiolytikum. Er ging seine letzte Yoga-Stunde durch und verlangsamte seine Atmung. Er streckte seine Brust und sein Kinn in den immer noch nachtblauen Himmel. Die Kälte verursachte Krämpfe in seinen Muskeln. Seine Nase tropfte. Er richtete seine Aufmerksamkeit darauf, die Fenster des Gebäudes zu zählen. Dann schweifte sein Blick zu den Dächern empor. Er beschäftigte sein Gehirn, um nicht der lauernden Panik anheimzufallen.

Schließlich nahm sich eine junge Beamtin seiner an. Die Vorschriften gestatteten keinerlei Extravaganz: Sie hatte lediglich ein wenig Lippenstift aufgelegt und trug unauffällige Brillanten im Ohr. Im Gegensatz zu den Polizisten, die die Razzia durchgeführt hatten, war ihr Benehmen nicht grob. Sie führte ihn in ein kleines leeres Zimmer, unterstellte ihn der Aufsicht eines Beamten und verschwand selbst in einem Büro. Da es keine Zeitschriften gab, las Virgile die Anschläge mit den Stellenanzeigen der nationalen Polizei und die Mitteilungen über Drogenkriminalität und Entführungen. Fotos von Verbrechern hingen aus. Virgile musste sich eingestehen, dass er sie zugleich zweckdienlich und karikaturhaft fand; der Gesichtsausdruck war meist durch die Überbelichtung, den Dreitagebart und den schlechten Haarschnitt verfälscht worden. Es wirkte echter als in Natur.

Die Beamtin öffnete die Tür. Virgile trat ein. In dem Büro waren zwei Arbeitstische aus Metall über Eck zusammengeschoben; sie waren jeweils mit einem Computer bestückt, Stapel von Blättern türmten sich neben Karteikarten und Fotos, daneben stand auf beiden Seiten ein Becher mit dampfendem Kaffee. Die grüne Kontrolllampe der an der Decke angebrachten

Kamera zeigte, dass sie aufnahm. Die Beamtin wies auf einen Stuhl und schaltete ihren Computer ein. Virgile bebte vor Kälte; er hoffte, dass man ihm einen Kaffee oder einen Tee bringen würde, jedes heiße Getränk wäre ihm willkommen gewesen. Die Beamtin tippte etwas auf ihrer Tastatur. Sie beachtete ihn nicht.

„Hier muss ein Irrtum vorliegen", setzte Virgile an.

Dieser Satz könnte sein Wahlspruch sein, ging es ihm durch den Kopf. Er war auf viele Situationen der letzten zwei Wochen anwendbar. Vielleicht sogar auf sein ganzes Leben. Mit heiserer Stimme fragte er, ob er wegen irgendetwas angeklagt sei. Die junge Beamtin antwortete nicht. Virgile mutmaßte, sie könnte ihn auf psychologische Weise verunsichern wollen, wie man es ihr auf der Polizeischule beigebracht hatte. Das würde mit ihm nicht funktionieren, jetzt nicht mehr: Er war an Erschütterungen gewöhnt, gegen Destabilisierungen gewappnet.

„Zuhälterei", sagte die junge Frau, ohne den Blick von ihrem Bildschirm zu heben.

„Da haben wir es, hier liegt ein Missverständnis vor."

Ein Mann kam herein. Er trug ein Holster mit einer Waffe. Nachdem er seine Kollegin mit Küsschen begrüßt hatte, legte er einige Fotos vor Virgile auf den Tisch: Man sah ihn im Gespräch mit Prostituierten vor seinem Haus. Auf einem Foto reichte ein

Mädchen ihm einen Schein; auf einem anderen gab Virgile einem Transvestiten Präservative.

„Ich tue ihnen manchmal einen Gefallen."

„Genau", sagte die junge Polizistin. „Und diese Art von Gefallen, den Sie da tun, heißt Zuhälterei."

Mit fester Stimme beschrieb Virgile jedes einzelne Foto. Es kam vor, dass er Einkäufe für seine Nachbarinnen erledigte, er kaufte Präservative, beruhigende Cremes und Schmerzmittel für sie. Die Beamtin reichte ihm einen Ausdruck, auf dem die Nummer eines Bankkontos stand.

„Und wie erklären Sie das Geld, das Sie auf Ihrem Konto haben?"

Virgile sah sich den Beleg eingehend an.

„Durch einen Hang zur Sparsamkeit", sagte er verblüfft.

Er begriff plötzlich, dass alles – in seinem Leben, wie im Leben von jedem anderen auch – zu einem Indiz für eine strafbare Handlung werden konnte. Sein Verhalten bot noch dazu in besonderer Weise Anlass zu Verdächtigungen (sein angekündigter Tod, die Kündigungen bei seinem Strom- und Telefonanbieter, als bereite er sein Abtauchen in den Untergrund vor; sein fehlender Konsumtrieb, der sein wohlgefülltes Bankkonto erklärte; ganz zu schweigen von seiner riesigen Sammlung erotischer Zeitschriften und den unter seinem Bett versteckten Nacktaufnahmen von Armelle).

„Sie arbeiten in der Werbung?“

Virgile nickte zustimmend. In gewisser Weise verdiente er seine Verhaftung: Das Werbegeschäft ist der älteste Beruf der Welt, und die Prostitution nur eine Unterform davon. Die Polizisten täuschten sich nicht wirklich in ihm. Überrascht stellte Virgile fest, dass er nicht unzufrieden darüber war, verhaftet worden zu sein. Man hatte eingegriffen, um ihm klarzumachen, dass er sich ändern musste.

Der Polizist wies ihn darauf hin, dass der Kokaingenuss in seinem Milieu an der Tagesordnung war.

„Das ist sehr gut möglich“, erwiderte Virgile. Er interessierte sich nicht dafür, was die anderen sich in die Nasenlöcher, Venen oder Leber stopften. Es gab andere Stellen, auf die er lieber den Blick richtete. Er hätte die bunten Glasscheiben mancher Räume in dem Gebäude von Svengali beschreiben können, die Plakate in den Fluren oder das Büro von Simone.

„Glauben Sie etwa, dass ich meinen Kollegen Drogen beschaffe?“

„Man hat in mehreren Wohnungen Kokain gefunden.“

Viele Prostituierte nahmen Drogen, um ihr Leben auszuhalten. Der Polizist musste das doch wissen.

„Für Sie bin ich also ein Dealer und ein Zuhälter.“

Insgeheim musste Virgile sich gestehen, dass es ihm schmeichelte, bei anderen die Vorstellung erweckt zu haben, sehr selbstsicher und männlich zu sein. Ein verführerischer und hemmungsloser Schuft, ein Mann, der keine Angst hatte und stets ohne jedes Zögern handelte.

„Ihre Kleidung ist ungewöhnlich."

In seiner barock anmutenden Aufmachung und mit seinem Zweitagebart musste er dem Bild des Zuhälters ähneln, so wie ein junger Polizist und Filmliebhaber es sich vorstellte. Es fehlten nur noch Lederstiefel, Goldkette und Sonnenbrille.

„Mein Leben ist auch ungewöhnlich. Damit stimmt doch alles wieder, oder?"

Im Grunde passte diese Episode sehr gut zu dem Wahnsinn, der seit der Nachricht von Clara sein Leben erfasst hatte. Eine gewisse Logik war unverkennbar. Virgile hatte Lust, dem Wunsch der Polizisten nachzugeben; er wollte sich von der Geschichte tragen lassen, die sie im Kopf hatten, und in ihr die seiner wahren Natur so radikal entgegengesetzte Rolle spielen. Er ähnelte nicht mehr der Person, die alle Welt in ihm sah. Die Versuchung war groß, sich seines vergangenen Lebens zu entledigen.

„Also gut", sagte er, „ich bin damit einverstanden, der Zuhälter zu sein, den Sie suchen. Ich werde ein Geständnis ablegen."

Vielleicht war es ein Wink des Schicksals und genau das Mittel, die Arbeit in der Agentur aufzugeben und neu anzufangen. Dass dieser neue Anfang nun mit ein paar Jahren Gefängnis begann, war zweifellos ein Nachteil, aber es bedurfte eben einer gewaltigen Kraft, um ihn seinem so wohlgeordneten Leben zu entreißen. Außerdem ist das Gefängnis eine gute Schule für jemanden, der seine berufliche Orientierung ändern möchte: Er würde alle Tricks des Betrügens erlernen, er würde seinen Körper stählen und sich ein Netz von Beziehungen aufbauen.

Natürlich brachte sein Vorschlag die Polizisten aus dem Gleichgewicht. Sie sahen einander an. Die bisherige Anspannung in ihren Gesichtszügen wich einer Entmutigung und sogar einer gewissen Traurigkeit.

„Wir glauben nicht, dass Sie schuldig sind", sagte die junge Frau. „Aber Ihr Verhalten ist seltsam."

Und das rechtfertigte offenbar die Fragen und das Verhör. Virgile war kein Fachmann (an der Universität hatte er Seminaren zum Verfassungsrecht den Vorzug gegenüber Seminaren zum Strafrecht gegeben), aber er bezweifelte doch, dass Seltsamkeit als Straftat oder Verbrechen angesehen werden könnte.

„Vielleicht haben Sie etwas in Ihrem Haus bemerkt. Sie wohnen seit sieben Jahren dort. Wir versuchen, ein kriminelles Netzwerk zu zerschlagen."

Er hatte mit Prostituierten verkehrt, mit ihnen geredet, aber er hatte sich nicht darum geschert, was in seinem Haus vorging. Er war viel zu sehr in seine eigene Gedankenwelt eingesponnen gewesen, um irgendetwas zu bemerken. Hätten seine Nachbarinnen ein Atom-U-Boot zusammengebaut, es wäre ihm nicht einmal aufgefallen. Er war bekümmert, dass er diesen Polizisten nicht helfen konnte, die früh aufgestanden waren und so viele Leute beleidigt, gedemütigt und geschlagen hatten in der edlen Absicht, ein Netz von Zuhältern zu zerschlagen.

Plötzlich schoss ihm wie eine Erleuchtung ein Gedanke durch den Kopf: Was wäre, wenn er den Polizisten Claras Namen nennen würde? Er würde ihnen sagen, dass er gesehen hatte, wie sie sich im Haus herumtrieb, mit den Mädchen sprach und einen Teil der Einnahmen einsteckte. Er würde sie als die stets schwarz gekleidete Chefin des Netzes beschreiben. Er würde die Ausbuchtung einer Waffe unter ihrer Jacke und ihren harten Blick erwähnen. Es würde ihre Beziehung etwas ausgleichen, wenn er ihr eins auswischte. Die Vorstellung amüsierte ihn, aber natürlich kam das nicht in Betracht.

Die Polizeibeamtin informierte ihn, dass er vierundzwanzig Stunden in Haft bleiben würde (das Gesetz ließ das zu und es wäre schade, das nicht auszunutzen), um die Herkunft des Geldes auf seinem Sparkonto zu klären. Im Übrigen wäre es gut, wenn er sich bereit erklärte, einige medizinische Untersuchungen über sich ergehen zu lassen. Virgile unterschrieb ein Blatt, das man ihm reichte, und griff gierig nach dem Kaffeebecher auf dem Schreibtisch der Polizeibeamtin. Das Getränk war noch heiß. Er behielt den ersten Schluck eine Weile in seinem Mund, und sein ganzer Körper vibrierte vor Lust.

Zwei Beamte begleiteten ihn in das medizinische Labor in der sechsten Etage. Der von Neonlicht erhellte Raum erstreckte sich über eine Länge von etwa fünfzig Metern, die Decke war sehr niedrig. Das Weiß der Wände und des Bodens verstärkte die Helligkeit noch. Tische mit Computern, Mikroskopen und Versuchsröhrchen standen in den drei Gängen nebeneinander, in denen Mediziner und Biologen hin- und hergingen.

Ein Arzt kam auf ihn zu. Drei Studenten mit einem Schreibblock in der Hand und gezücktem Stift umringten ihn. Die Medizinstudenten machten ein Praktikum. Ohne sich Virgile vorzustellen, stach der Arzt mit einer Nadel in die Vene seines Arms und entnahm eine nicht unbeträchtliche Menge Blut. Er übergab das Röhrchen einer Studentin. Virgile hatte das Gefühl, gleich ohnmächtig zu werden; er bedauerte, das Blatt nicht aufmerksam gelesen zu haben, mit dessen Unterschrift er seine Zustimmung zur Durchführung der Tests gegeben hatte. Der Arzt schnitt ihm über einer kleinen Metallschale einen Fingernagel ab. Die drei Studenten schnitten daraufhin eilfertig die übrigen Fingernägel. Der Arzt erleichterte ihn mit einem Operationsmesser um eine Haarsträhne; Virgile spürte, dass eine kleine Stelle seines Schädels blank war. Die Studenten teilten sich die Strähne und schoben die Haare in kleine Plastiktütchen. Während der Arzt mit einem Stäbchen die Innenseiten seiner Backen abschabte, nahmen die Studenten seine Fingerabdrücke. Am Schluss befahl man ihm, in ein Glas zu urinieren. Der Arzt teilte die gelbe und warme Flüssigkeit in drei Tassen für seine Studenten auf.

Ein Polizeibeamter führte Virgile in den Keller. Sie benutzten eine in den Stein gehauene Treppe; die Wände rochen nach Feuchtigkeit. Die meisten Glühbirnen waren durchgebrannt. Virgile sah sich vor, um nicht zu stolpern. Der Gefängnisteil des Quai des Orfèvres bestand aus einer Reihe von Verliesen, die ganz dem Vorbild von John Havilands Strafanstalt in Philadelphia, dem Eastern State Penitentiary, entsprachen, das heißt, sie waren nach außen vollkommen abgeschottet. Es war keinerlei Kommunikation mit den anderen Häftlingen oder den Wärtern möglich.

Es gab keine Bank in der Zelle. Ein wenig Licht drang durch ein Luftloch zu ihm herunter. Virgile setzte sich auf den Betonboden. Trotz der Dunkelheit hatte er zum ersten Mal eine klare Vision von seinem Leben – von dem, was er zu sein wünschte und vollbringen wollte.

Am nächsten Morgen um acht Uhr nahm Armelle Virgile am Ausgang der Gerichtspolizei in Empfang. Sie hatte ihr Wochenende in Strasbourg verkürzt, um ihn abzuholen. Nach einem Tag und einer Nacht im Gefängnis klebten Virgiles Kleider an seiner Haut und rochen nach Schimmel und Urin. Das Licht blendete ihn; er senkte den Blick. Sie fuhren im Taxi nach Hause. Während der Fahrt erklärte Virgile den Grund für seine Verhaftung; Armelle brach in unbändiges Lachen aus.

Sie hatte das Gästezimmer vorbereitet. Virgile duschte erst einmal. Seine Kleider landeten in der Waschmaschine. Armelle lieh ihm eine alte Sporthose, einen schwarzen Kapuzenpullover und ein Paar karminrote Kaschmirsocken. Virgile frühstückte im Wohnzimmer. Armelle hatte eine Brioche gekauft. Der Tee, ein ausgezeichneter Ong Jing, stammte von dem edlen Teehaus *Mariage Frères*. Armelle überreichte ihm eine Schachtel mit „Berawecka“, dem elsässischen Früchtebrot (ein Geschenk von Elisabeth), und erzählte ihm von ihrem Wochenende. Um neun Uhr ließ sie ihn allein. Ihr Arbeitstag begann.

Virgile fühlte sich befreit, und das hatte nichts damit zu tun, dass er das Gefängnis verlassen hatte. Er knabberte etwas Früchtebrot, ging in der Wohnung umher, verbrachte etwas Zeit vor dem fast leeren Bücherregal, blätterte in einem botanischen Fachbuch, danach in einem Ausstellungskatalog über Hokusai. Dann fällte er eine wichtige Entscheidung. Er würde sein Exemplar der *Selbstbetrachtungen* von Marc Aurel heimlich in das Bücherregal von Armelle schieben. Es war Zeit, sich von diesem Anhängsel zu lösen. Schließlich war er kein römischer Kaiser, und es war etwas übertrieben gewesen, dieses Buch zu seiner Bibel zu erheben.

Er streckte sich auf dem Sofa aus, dann auf seinem Bett und schließlich auf dem Bett von Armelle. Er nahm das auf dem Nachttisch stehende Foto in die Hand. Es war Anne-Elisabeth. Er hielt das Foto dicht vor seinen Mund und hauchte sanft darauf. Das Gesicht verschwand unter seinem Atem. Er wischte die gläserne Oberfläche mit seinem Ärmel frei, und Anne-Elisabeth kam wieder zum Vorschein.

Es war ein wahres Glück, sich es in einer Wohnung gemütlich machen zu können, in der Elektrizität und Heizung funktionierten. Zudem sah man, dass hier jemand lebte: Es gab Pflanzen, und der Kühlschrank war gefüllt. Er öffnete das Fenster, das zum Canal Saint-Martin hinausging. Das Viertel passte zu einem ruhigen Leben: das Wasser, die wenigen Autos und die Cafés. Es war ein geeigneter Ort, um tiefsinnige Betrachtungen anzustellen. So begann er, über seine berufliche Situation nachzudenken. Eine alte Geschichte kam ihm in den Sinn. Antigone hatte sich Kreon widersetzt, der ihr untersagt hatte, ihren Bruder zu beerdigen.

Das Ergebnis davon war, dass sie eingesperrt worden und einsam und allein gestorben war. Die Mythen, die Märchen, die Literatur und die Kunst im Allgemeinen lehren uns, dass der Ungehorsam einen Preis hat.

Virgile würde sich einen Konflikt ersparen, wenn er den Vorschlag von Svengali annähme; seine Welt würde ihre Homöostasie und sein Leben seine Ataraxie bewahren. Das menschliche Wesen gehorcht, um nicht zu sterben. Das Theorem des braven Kindes lautet: Wenn du brav bist, wirst du gute Noten, einen Beruf, ein Haus, eine Frau bekommen und weder du noch einer deiner Lieben wird jemals sterben. Irgendwann findet man heraus, dass das alles Quatsch ist, lange Zeit klappt es aber verflixt gut so. Er würde nicht kündigen. Nicht sofort. Nachher würde er Simone aufsuchen und die Beförderung samt Gehaltserhöhung akzeptieren. Eine Zeit lang würde er sich den Plänen beugen, die man mit ihm hatte. Aber im Stillen würde er seinen Ausstieg vorbereiten. Er besaß nicht genug Vertrauen in sich und in diese Welt, um sich ohne Sicherheitsnetz ins Abenteuer zu stürzen. Es ist der Vorzug derjenigen, die ohne Sorgen aufgewachsen sind, Risiken einzugehen, weil sie unbewusst davon ausgehen, einmal ihren Platz zu finden und anzukommen. Virgile hatte dieses Gefühl des Vertrauens niemals gehabt. Das würde sich nicht ändern. Die Armen, Schwachen, Empfindlichen und Ausgestoßenen müssen still und schlau sein.

Virgile beobachtete die Passanten. Vor einigen tausend Jahren, im Pliozän, waren hier mit Sicherheit Elefanten vorübergezogen. Sie hatten ihren Rüssel ins Wasser getaucht, sich selbst besprengt und ihre Jungen gewaschen; sie hatten Freudentänze in ihrer Herde vollführt. Virgile dachte, dass der Mensch ein schlanker und feingliedriger Elefant war. Die menschlichen Elefanten schlenderten Hand in Hand umher, fuhren mit dem Skateboard und liefen auf den Gehsteigen entlang. Virgile wurde von Wehmut erfasst, denn er kannte das Schicksal der Elefanten. Man hatte sie gezähmt, um sich ihrer als Hilfskräfte auf Baustellen, als Waffen oder als Fortbewegungsmittel zu bedienen. Insbesondere hatte man sie vernichtet, um ihnen ihre Stoßzähne aus Elfenbein zu rauben. Er fragte sich, was das Elfenbein der Menschen sei, ihr eigentlicher Schatz, mit dem sich ihre Vernichtung rechtfertigen ließ.

In der Antike wären die Elefanten beinahe verschwunden. Mehrere Arten (unter anderem der Elefant aus dem Atlas und der syrische Elefant) starben aus. Die anderen verdankten ihre Rettung nur ihrer Fähigkeit, das Publikum in den Arenen zu begeistern, das ihnen lieber bei ihren Kunststücken als den Gladiatoren bei ihren Kämpfen zusah. Die Elefanten rührten die Menschen und unterhielten sie. Und so überlebten sie.

Und in der Arena, in der er sich befand, fühlte sich Virgile fähig, zu unterhalten und zu rühren.

Die Rue du Faubourg-Saint-Martin war ruhig; das Licht der Laternen verbannte die Nacht von den Gehsteigen. Die Familien machten sich für das gemeinsame sonntägliche Abendessen bereit. Ein Wagen der Müllabfuhr bog ächzend in die Straße ein.

Virgile klopfte an die Wohnungstür von Claras Bruder. Quentin öffnete mit einem Kochlöffel in der Hand. Der Geruch von Zwiebeln und Olivenöl hing in der Luft; aus der Küche drang das Geräusch von brutzelndem Fett herüber. Virgile stellte sich vor: Er war der Exfreund von Clara, er brachte ihr Sachen zurück; mit dem Kinn wies er auf den (leeren) Karton unter seinem Arm. Sein Herz schlug wie noch nie. Er würde die Rolle eines früheren Freundes von Clara spielen, während er doch gar nichts von ihr wusste. Das war gewagt. Quentin bat ihn herein.

Trotz des offenen Fensters hielten sich die Essensgerüche hartnäckig in der Luft, und auch die Kleidungsstücke an der Garderobe rochen danach. Die Wohnung war bescheiden, die Wände grau und die Glühbirnen ohne Lampenschirm. Im Wohnzimmer befanden sich ein Schlafsofa sowie Stapel von Büchern und Schallplatten. Die Küche schien der wichtigste und am besten ausgestattete Raum zu sein: Messer, Pfannen und Töpfe waren vorhanden; es gab Kräuter, Gewürze, einen Obstkorb und leuchtendes, pralles Gemüse, Gefäße mit Mandeln, Nüssen, Pinienkernen und verschiedenen Trockenfrüchten; die Regalbretter waren mit hochwertigen Produkten bestückt; mehrere Ölsorten standen aufgereiht im Kühlschrank. Das Fett hatte die Wände und die Decke über dem Gasherd verfärbt.

„Du bis also ein Ex von Clara", sagte Quentin, während er die Zwiebeln in der Pfanne umrührte.

Virgile nickte zustimmend. Er bemerkte ein paar Joints, die in einem leeren Marmeladenglas auf dem Kühlschrank standen.

„Sie kommt heute Abend zum Essen", sagte Quentin. „Sie müsste in einer knappen Stunde hier sein. Ich weiß nicht, wie es mit euch beiden steht, aber du bist herzlich eingeladen. Maud wird auch da sein."

Die gleichzeitige Anwesenheit von Maud und Clara versprach ein interessantes Schauspiel. Maud würde von ihrem Gespräch mit Virgile erzählen. Sie würde Fragen über ihre Beziehung stellen. Clara würde sehr überrascht sein.

„Das ist nett, aber ich glaube, das ist keine gute Idee."

Da er sich nicht gerne weiter über das Thema auslassen wollte – die Gefahr war groß, dass Quentin den Schwindel herausfand –, lenkte er die Unterhaltung eilig in andere Bahnen.

„Ich habe die Kinderbücher gelesen, die du schreibst. Sie gefallen mir sehr."

Das stimmte. Er hatte diese seltsamen Bücher sehr gemocht.

„Sie machen mich völlig fertig“, sagte Quentin.

Er schälte Knoblauch und zog das Innere der Zehen heraus.

„Die Kinder?“, wollte Virgile wissen.

„Man weiß nie, was sie denken, sie sind so quirlig und verlangen unentwegt Aufmerksamkeit.“

Quentin nahm ein Messer, ein Holzbrett und zerhackte den Knoblauch. Die auf der Arbeitsfläche verstreuten Zutaten verrieten Virgile, dass sein Gastgeber eine Lasagne vorbereitete. Er öffnete eine Dose geschälter Tomaten. Quentin nahm seine Hilfe dankbar an und reichte ihm einen Topf.

Virgile goss die Tomaten hinein. Er mochte dieses Gericht, das seinen Geist ebenso anregte wie seine Geschmacksnerven: Das Lasagne-Gericht war das Ergebnis einer weltweiten Verschwörung. Die Nudeln waren in China erfunden worden, die Tomaten kamen aus Amerika, die Zwiebeln aus Westafrika, der Knoblauch aus Ägypten (die Arbeiter an der Pyramide von Gizeh konsumierten riesige Mengen davon). Virgile dankte Quentin im Stillen dafür, die Unterhaltung übernommen zu haben und sie auf diese angenehme Weise zu führen. Er fühlte sich warm und geborgen.

„Willst du also keine Kinder?“, fragte Virgile.

„Doch. Ich mag nur die Kinder der anderen nicht.

Ich mag die Menschen im Allgemeinen nicht besonders, deshalb gibt es für mich auch keinen Grund, ihre Kinder zu mögen."

„Logisch."

Die Verschmelzung der vielfältigen Gerüche von rohem und gekochtem Gemüse, Fleisch und Kräutern erinnerte Virgile an seine Eltern und das Vergnügen, wenn er ihnen bei der Zubereitung des Essens für die Zirkustruppe zugesehen hatte und den lebhaften Gesprächen während der Mahlzeiten lauschte. Er hatte Lust, sie wiederzusehen. Morgen nach seinem Arbeitstag würde er den Zug nehmen. Er würde nach dem Abendessen eintreffen, das man gemeinsam in dem Zirkuszelt einnahm; man würde ihn lauthals begrüßen, die Freunde seiner Eltern würden sich auf ihn stürzen und hochheben, die Hunde würden bellen und sich an seine Beine pressen; der Kaffee würde heiß und zu stark sein. Quentin fuhr fort:

„Schon als Kind mochte ich Kinder nicht. Ich habe meine Meinung nicht geändert. Es liegt etwas Faschistisches in dieser Verpflichtung, die Kinder *anbeten* zu müssen. Manche Kinder mag ich. Aber mit den meisten kann man ganz einfach nichts anfangen."

Die Partitur, die Quentin hier vortrug, gefiel Virgile. Er kam sich vor wie ein Zuhörer, der einem Bluesconcert beiwohnt.

„Ich war immer der Ansicht, dass Kinder es nicht verdienen, Kinder zu sein. Die Erwachsenen würden viel mehr von der Kindheit profitieren. Kinder sind so aufrichtig und so voller Gewissheit: Sie würden sehr gute Erwachsene abgeben."

Virgile lächelte ihn an. Er dachte an die Kinder. Es tat ihm leid für sie, dass sie so zerbrechlich und abhängig waren. Ihr Ernst beunruhigte ihn ebenso wie ihr Verantwortungsgefühl gegenüber ihrer Familie und der Welt, ihr so oft selbstmörderisches Verhalten beim achtlosen Überqueren der Straße oder beim Verschlucken von Gegenständen. Aber er bewunderte ihren Enthusiasmus und ihre Neugier.

Das Rezept für die Lasagne war sehr fettlastig. Quentin briet die Zutaten in Olivenöl an, bevor er sie in die Tomatensauce gleiten ließ. Virgile zerpflückte das Hackfleisch in einer Pfanne. Sein Appetit wurde geweckt.

„Clara ist also umgezogen."

Virgile senkte den Kopf und konzentrierte sich auf das Fleisch, um seinen Gesichtsausdruck, das Lächeln eines schlechten Schauspielers, zu verbergen.

„Ja", bestätigte Quentin. „Sie wohnt jetzt am Quai d'Orléans auf der Île Saint-Louis."

„Ach ja?"

„Seltsam, nicht wahr? Sie wohnt immer an überraschenden Orten. Sie hatte genug vom Boulevard Pereire. Ich verstehe sie."

„Ist ihre Wohnung groß?"

„Winzigklein. Sie kann sich kaum drehen und wenden. Aber der Blick auf die Seine ist großartig."

Das bedeutete, dass sie allein lebte, dachte Virgile.

„Da konnte sie natürlich nicht all ihre Sachen mitnehmen. Das meiste ist in meinem Keller und in dem unserer Eltern."

Endlich gelangte Virgile zu Informationen über Clara. Er fühlte sich wie ein Einbrecher und Voyeur. Es kam ihm vor, als würde er einen Frevel begehen. Ihm wurde unbehaglich. Plötzlich wollte er nicht versuchen, noch mehr herauszufinden. Jetzt, wo er Clara endlich sehen konnte – er musste lediglich hier warten, denn sie würde in etwas mehr als einer halben Stunde eintreffen –, begriff er die Absurdität der Situation.

Er wollte keine Rechenschaft von ihr verlangen. Er wollte sie nicht mit seiner Anwesenheit überraschen und seine Durchtriebenheit dadurch unter Beweis stellen, dass er zum Gegenschlag ausgeholt hatte, um als Sieger aus dieser Geschichte hervorzugehen. Er wollte keinen dieser schwachsinnigen Siege im Sinne von „Wer anderen eine Grube gräbt, fällt selbst hinein" erringen. Jetzt, wo er sie wiedergefunden hatte, bestand das Einzige, was er noch tun musste, darin, zu verschwinden. Eigentlich war er nie ein Teil von ihrem Leben gewesen.

Quentin musste sich auf die Lasagne konzentrieren.

Er wollte offenbar eine Frage stellen, hatte aber Angst, sich ungeschickt anzustellen. Er goss das Hackfleisch in eine Auflaufform. Blubbernd glitt die Masse hinein, Dampf stieg von ihr auf. Quentin legte den Kochlöffel beiseite und zündete sich einen Joint an. Er bot ihn auch Virgile an. Dieser lehnte das Angebot ab.

„Warum hat sie dich verlassen", fragte er und sog den Rauch ein. „Sie hat mir nichts davon erzählt. Ich wusste nicht einmal, dass ihr zusammen wart."

Die Frage verursachte Virgile Beklemmungen. Er dachte nicht nach, bevor er antwortete. Niemals war er so aufrichtig gewesen wie in diesem Moment. Seine Augen brannten; die Ausdünstungen vom Kochen hatten nichts damit zu tun.

„Ich habe mich einfach schlecht verhalten. Was sie betrifft und was mich betrifft auch."

„Ich habe euch nie zusammen gesehen. Aber so ist sie eben. Und jetzt, wo ich dich heute Abend zu Gesicht bekomme, habe ich wirklich den Eindruck, dass ihr gut zusammenpasst."

Das waren die Worte eines Kumpels, mit dem man gemeinsam kocht. Man möchte sich denen, mit denen man eine so intime Erfahrung wie die Zubereitung einer Mahlzeit teilt, stets verbunden fühlen. Der Duft des Marihuanas vermischte sich mit den Gerüchen der garenden Lasagne. Virgile griff nach dem Weinglas, das Quentin ihm reichte.

„Ich würde gerne noch einmal ganz von vorn anfangen“, gestand Virgile. „So tun, als wäre man noch nie zusammen gewesen.“

„Das ist schwierig.“

Quentin dachte vermutlich an seine eigenen Enttäuschungen in der Liebe.

„Ich weiß. Aber man könnte ja so tun als ob.“

Er träumte davon, dass sie sich zufällig begegnen würden. Sie würden sich einen Film von Lubitsch im Quartier Latin ansehen, Romane austauschen, im Parc Montsouris spazieren gehen, einen Kaffee im *Escalier Cajun* trinken, bei *Gladines* an der Butte-aux-Cailles zu Abend essen und dann zu der *Grande Galerie de l'Evolution* im Jardin des Plantes gehen. Die Frage war nur, wie man es anstellte, dass man sich zufällig begegnete. Virgile würde einen Weg finden, das wusste er. Wenn nicht sogar Clara selbst dies in die Hand nähme. Er leerte sein Glas Wein.

„Ich habe eine neue Handy-Nummer“, sagte er und streckte Quentin ein beschriebenes Stück Papier entgegen. „Wenn du ihr das geben könntest.“

„Natürlich.“

Quentin nahm den Zettel und steckte ihn in ein gläsernes Gefäß, in dem er sein Geld aufbewahrte. Er begleitete Virgile zur Tür und drückte ihm lange die Hand, als wolle er ihm einen Vorrat an Energie und Wärme mit auf den Weg geben.

Gleich nach dem Verlassen von Quentins Wohnung hatte Virgile trotz seiner Müdigkeit und seines Hungers die Lust gepackt, im Mondschein eine Bootsfahrt auf der Seine zu machen. Er war in eines der Ausflugsboote in der Nähe des Pont Saint-Michel gestiegen. Wasser und Himmel waren gleichermaßen dunkel gefärbt. Die edle Linie der Zivilisation mit ihren Bauten und Menschen lag eingezwängt zwischen diesen beiden abgründigen Zonen.

Es wurde allmählich kalt. Die Leute hatten Schals und Mützen hervorgezogen. Die roten Blätter der Bäume ähnelten farblich den mit Ahornsirup gesüßten Leckereien. Virgile hatte sich auf dem Deck neben eine Touristengruppe gesetzt. Er hielt eine Tüte mit heißen Kastanien in seinen Händen. Die Schalen warf er in den Fluss.

Ein älteres chinesisches Paar drückte ihm einen Fotoapparat in die Hand. Sie wollten, dass Virgile diesen Augenblick für die Ewigkeit festhielt. Der Mann und die Frau stellten sich an den Rand des Aussichtsdecks, im Hintergrund lag Notre-Dame. Virgile drückte den Auslöser. Für einen Augenblick erleuchtete der Blitz ein kleines Stück der Nacht. Das Ausflugsboot glitt an der Île de la Cité vorüber und erreichte die Île Saint-Louis. Die Touristen gerieten angesichts der Schönheit der Stadt in Verzückung.

Lange Zeit war Virgile der Auffassung gewesen,

dass Männer und Frauen drei Missverständnissen ausgesetzt seien: der Begegnung, der Beziehung und der Trennung. Man begegnet sich, man liebt sich und man trennt sich aus Gründen, die uns entgehen. Kein Paar entgeht dieser Deklination des Missverständnisses. Das war eine der geistvollen Eingebungen, mit denen er im Restaurant oder bei Festen aufwartete. Aber hinter dem Humor verbarg sich die Gewissheit, dass die Liebe nicht funktionierte. Und wie jeder klebte er an seinen Gewissheiten. Sie zu verlieren bedeutete ungefähr so viel, wie sich den Arm zu brechen, um ihm eine andere Ausrichtung zu geben. Seine pessimistische Weltsicht aufzugeben stellte für Virgile eine weitaus größere Gefahr dar als das Ende seiner Liebesgeschichten.

Er besaß keine Fakten oder Beweise, auf die er sich stützen konnte, außer dem inneren Weg, den er während der letzten zehn Tage zurückgelegt hatte – aber vermutlich hatte er keine einzige Erinnerung an Clara behalten, weil sie etwas Neues verkörperte, das seinen Überzeugungen zuwiderlief, und weil er sie hätte lieben können.

Das Boot fuhr unter dem Pont Saint-Louis hindurch. Die Touristen hielten schweigend inne. Als das Boot wieder in den Mondschein und das Licht der an den Gebäuden angebrachten Scheinwerfer glitt, schrien sie freudig erregt auf. Das Boot ließ die Île

Saint-Louis hinter sich. Virgile schälte eine Kastanie und biss in sie hinein.

Wenn wir nicht Gefahr laufen wollen, diejenigen zu verlieren, die wir lieben könnten, gibt es nur ein einziges Mittel: Wir dürfen sie nicht in unser Leben hineinlassen.

Die Straßenlaternen am Boulevard de Magenta waren teilweise von den Bäumen verborgen, deren Zweige das Licht zurück in Richtung Himmel warfen. Virgile ging über die letzten Blätter des Herbstes. Die Nacht hatte Männer, Frauen und Kinder an ihren Ort gebracht; sie hatte die Autos angehalten und die Eisengitter vor den Geschäften heruntergelassen.

Virgile hatte sich gewünscht, Clara wiederzufinden, um eine Frau kennenzulernen, die einen außergewöhnlichen und poetischen Einfall gehabt hatte. Er liebte sie nicht. Er wünschte sich nicht einmal, sie zu lieben. Dazu war es noch zu früh. Ihm gefiel ganz einfach dieser Hauch von Verrücktheit in ihrer Vorgehensweise, und für den Moment reichte ihm das. Vielleicht war dies alles ein Spaß; vielleicht war sie verleitet worden und hatte durch dieses surrealistische Mittel versucht, seine Aufmerksamkeit zu wecken. Letztlich war das nicht wichtig. Durch einen herbeigeführten Zufall würden sie sich irgendwann begegnen und dann auch endlich kennenlernen, das wusste er.

Je weiter man in der Zeit zurückgeht, desto extremer werden im Universum die Dichte und die Temperatur. Es gibt einen Augenblick, die sogenannte Planck-Zeit, über die hinaus unsere physikalischen Kenntnisse keinen weiteren Aufschluss ermöglichen.

Nun gibt es jedoch in dieser allerersten Zeit des Universums noch keinen Raum und keine Zeit; die Schwerkraft und die Relativität finden keine Anwendung. Die Begegnung mit Clara zählte zu diesen ursprünglichen und unbekannten Augenblicken. Seither war es in Virgiles Leben zu Erschütterungen gekommen, die der Entstehung einer neuen Welt würdig waren. Explosionen, Kollisionen hatten sich ereignet, neue Sternbilder hatten sich gebildet.

Dank Clara hatte Virgile etwas gelernt, was er bisher nicht gewusst hatte: Er konnte leben. Er hatte entdeckt, dass er fähig war, zu handeln und etwas zu ändern, und er hatte überholte und krankhafte Auffassungen über Bord geworfen.

Selbst wenn sein Gefühl ihm sagte, dass die Welt, auf der er stand, doch eine flache feste Scheibe sein musste, und dass er nichts davon spürte, dass sie sich um sich selbst oder um die Sonne drehte, wusste er von nun an, dass der Himmel nicht die Grenze ist, dass ein Unendliches existiert und dass unsere Wahrnehmung von der Realität uns die meiste Zeit über eine falsche Vorstellung von ihr liefert. Was den Menschen angeht – und das galt insbesondere für das Thema Liebe –, konnte man ein Axiom aufstellen: Was Sie als gegeben ansehen, ist es nicht; vertrauen Sie nicht auf den äußeren Anschein, lassen Sie sich nicht von Konventionen vereinnahmen.

Indem Clara eine Beziehung beendet hatte, die es niemals gegeben hatte, hatte sie ihm ein unendlich kostbares Geschenk gemacht: Sie hatte ihm eine Geschichte gegeben. Im Verlauf dieser beiden Wochen voller Abenteuer hatte er Gefallen an dieser Geschichte und an der durch sie möglich gewordenen Freiheit gefunden. Der fehlende Augenblick ihrer Begegnung würde immer in ihm präsent bleiben wie ein geheimes, in keinem Anatomiebuch verzeichnetes Organ, ohne das aber das Herz nicht schlagen kann.

Virgile sog die kühle Luft der Oktobernacht ein. Er lebte. Niemals hatte er das mit einer solchen Intensität gespürt.

Danksagung

Ich danke Alix und Laurent.

Während ich an diesem Roman schrieb, habe ich erfahren, dass Jean-Pierre Vernant verstorben ist. An dieser Stelle möchte ich betonen, wie wichtig er für mich ist, als Mensch und Gelehrter, als Widerstandskämpfer und Anthropologe. Er ist für jeden ein Vorbild, der der griechischen Antike verbunden ist, der sich für die Geschichten interessiert, die Menschen erfinden und sich erzählen, oder der die politische Auseinandersetzung schätzt. Dieses Buch ist ihm gewidmet. Viel zu selten erweist der Romanschriftsteller, dieser Glückshungrige und ewig studierende Dilettant, seinen unsichtbaren Meistern die Ehre, die ihm ganz nebenbei – und ohne es zu wissen – Lehrer sind, die seine Phantasie bereichern und ihm helfen, seine Obsessionen auszudrücken. Ich könnte mehrere Seiten mit den Namen derer füllen, die mir so seltsam vertraut sind und denen ich Dank schuldig bin. Ganz besonders möchte ich hier Pierre Hadot für seine Bücher danken und außerdem Amalia Tarallo, die mich in São Paulo so freundlich aufgenommen hat.